春雨物語

はるさめものがたり

全

日本令制國圖

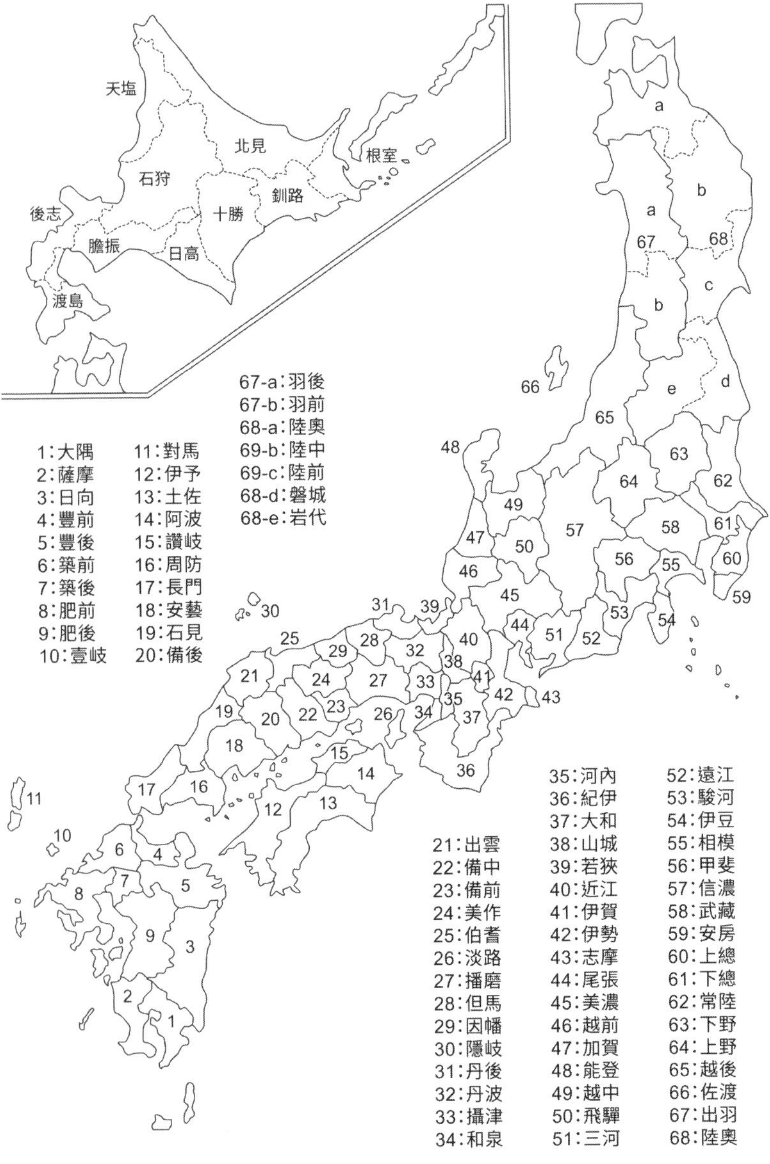

天塩
北見
根室
石狩
釧路
後志
十勝
膽振
日高
渡島
67-a：羽後
67-b：羽前
68-a：陸奥
69-b：陸中
69-c：陸前
68-d：磐城
68-e：岩代
1：大隅
2：薩摩
3：日向
4：豐前
5：豐後
6：築前
7：築後
8：肥前
9：肥後
10：壹岐
11：對馬
12：伊予
13：土佐
14：阿波
15：讚岐
16：周防
17：長門
18：安藝
19：石見
20：備後
21：出雲
22：備中
23：備前
24：美作
25：伯耆
26：淡路
27：播磨
28：但馬
29：因幡
30：隱岐
31：丹後
32：丹波
33：攝津
34：和泉
35：河內
36：紀伊
37：大和
38：山城
39：若狹
40：近江
41：伊賀
42：伊勢
43：志摩
44：尾張
45：美濃
46：越前
47：加賀
48：能登
49：越中
50：飛驒
51：三河
52：遠江
53：駿河
54：伊豆
55：相模
56：甲斐
57：信濃
58：武藏
59：安房
60：上總
61：下總
62：常陸
63：下野
64：上野
65：越後
66：佐渡
67：出羽
68：陸奥

日本歷史年表

紀元前	繩文時代 彌生時代
一世紀 二世紀	彌生時代
三世紀 四世紀 五世紀	古墳時代
六世紀 七世紀	飛鳥時代
八世紀	奈良時代
九世紀 十世紀 十一世紀 十二世紀	平安時代
十三世紀	鎌倉時代
十四世紀 十五世紀	室町時代
十六世紀	安土桃山時代
十七世紀 十八世紀	江戶時代
十九世紀	明治時代
廿世紀	大正・昭和時代
廿一世紀	平成時代
	令和時代

序

春雨霏霏，經夜不歇。清冷靜謐間，拂紙研墨，欲揮毫直抒胸臆，又感心懷空洞，渺無可書之事。思撰物語故事，又恐力不能及。然吾區區窮鄉之叟，才疏學淺，除此又能何為乎？念往昔受誆於史籍，而今亦不妨為文誑惑他人，圖一樂也！縱然事屬杜撰，未必遜於信史。一念及此，遂不揣淺薄，提筆撰述。推窗而望，綿綿春雨，似欲潤吾枯腸，淅淅瀝瀝，淅淅瀝瀝。

原序譯

連綿春雨已經下了整夜。在這清冷、安靜的夜晚，鋪開紙研上好墨，明明有許多話想從筆端湧出，落筆時心中卻空蕩蕩的，一時竟想不到什麼主題好寫。

來寫些物語故事嗎？怕自己能力不夠。但我一個窮鄉僻壤的老者，才疏學淺，除了寫寫物語，又能怎樣呢？想起以往讀史書，被裡頭精采的描寫哄得團團轉，現在我不妨也寫些似模似樣的故事誆騙別人，不也很有趣嗎？即使這些故事都是我杜撰的，卻也未必比正史遜色呢。一想到此處，就不怕自己才能淺陋，提筆一行一行的寫出故事來了。推窗向外看去，那紛飛的春雨好似要來滋潤我枯竭的靈感，聽哪！淅瀝的雨聲可一直沒有停過呢。

譯序

江戶讀本小說第一人——上田秋成

《雨月物語》《春雨物語》的作者上田秋成，生於日本江戶時代中期享保十九年（一七三四年），傳聞是大阪一個藝妓的私生子。四歲時，由於母親去世，被堂島永來町的紙油商上田茂助收養。秋成幼名仙次郎，本名東作，秋成是他的雅號；此外尚有無腸、三餘齋、鶉翁等別號。

上田茂助和他的兩個妻子以及女兒，都對秋成十分寵愛，讓他受良好的教育。五歲時，秋成不幸感染天花；當時天花是絕症，死亡率極高。上田茂助夫婦帶著瀕死的秋成，天天到大阪的神社禱告，秋成竟奇跡地存活下來。就這樣，幼年的死亡陰影和「神的施救」，成為上田秋成日後篤信天地神靈、喜愛光怪陸離事物的開端。

由於天花病毒導致的畸形，秋成的右手中指與左手食指被截短，因此他在《雨月物語》序文中，自嘲是「剪枝畸人」。同時，因為幼年這場大病，使他性格變得孤僻，不愛與人來往，反而時常露宿野外，聽鄉間者老講述鬼怪故事。

上田秋成自贊像，收錄於《江戶文學研究》（一九二一），藤井乙男著

十八歲時，上田秋成開始了四處遊蕩的青年時期。他和一些習氣不正的孟浪子弟出入青樓酒館，放歌縱酒、狂放不羈，沉浸於荒誕的逸樂中。後來被養父訓斥才收心拜師，學習俳句、日本國學與漢學知識，俳號「漁焉」。

寶曆十年（一七六〇年），時年二十六歲的上田秋成與植山玉女結婚。次年養父病故，秋成繼承了家業。明和元年（一七六四年），他參加了在大阪舉行的朝鮮通信使一行筆談會，對漢學接觸日多，開始走上創作之路。

明和三年（一七六六年），上田秋成的處女作：五卷本小說《諸道聽耳世間猿》付梓刊行；第二年四卷本小說《世間妾形氣》出版。這兩部描寫庶民生活的世俗小說，都受到讀者熱烈歡迎，秋成便以「浮世草子」[1]作者的身份而小有名氣。

明和五年（一七六八年），上田秋成完成了《雨月物語》的初稿，經商也頗為順利。但天有不測風雲，就在他躊躇滿志時，明和八年（一七七一年）的一場大火令上田秋成財產盡失，經營紙張和燈油生意的店鋪只好宣告破產。為生計所迫，秋成到儒醫都賀庭鐘[2]門下學習醫術。都賀庭鐘號稱「讀本小說之祖」，精通漢學，行醫之餘撰寫了《英草紙》《繁野話》《莠句冊》等讀本小說。他的作品很大程度上啟發了上田秋成的創作思路。

秋成學醫三年，學成後在大阪一邊行醫，一邊如饑似渴地學習《萬葉集》[3]、音韻學、和歌、茶道、日本歷史和文學理論等知識。並在安永五年（一七七六年），修訂、出版了他人生的代表作《雨月物語》。《雨月物語》甫出版便獲得巨大的成功，在當時被譽為日本怪談文學的最高傑作，對後世同類題材的創作影響深遠。自此，上田秋成青出於藍而勝於藍，超越都賀庭鐘，成為江戶時代讀本小說第一人。

此後的十四年，是上田秋成一生最為安逸的時期。他接連完成了《漢委奴國王金印考》《歌聖傳》《也哉抄》等作品。並與日本復古國學家本居宣長，就古代神話和古音韻問題展開了一場論戰。

然而，晚年的秋成卻再度遭遇不幸。寬政二年（一七九〇年），秋成左眼失明，妻子削髮出家；這兩件事對他造成非常大的打擊。在孤獨和貧寒中，秋成仍然奮力著述，完成了《癇癖談》《清風瑣言》《靈語通》等多部作品。

寬政九年（一七九七年），秋成的妻子辭世。次年，秋成右眼失明，窮困潦倒。這時他已六十四歲，雙目俱盲，深感來日無多，遂竭盡全力，勤奮寫作。《落久保物語》《冠辭考續貂》《金砂》《金砂剩言》《藤簍冊子》《膽大小心錄》等傑作，都完成於這段晚年時期。文化六年（一八〇九年），在轟動一時的《春雨物語》出版前夕，上田秋成於京都的弟子家中去世。

上田秋成一生多災多難，充滿了不幸和痛苦；人生中有相當長的光陰為生計而辛苦奔忙。但他在文學創作上卻顯露出驚世才華，以獨特的反復古主義思想和關注庶民生活的視角為基礎，形成了自己獨有的文學觀和價值觀。

他的眾多作品中，尤以《雨月物語》和《春雨物語》膾炙人口，最能體現他的思想和批判精神。

上田秋成代表作——《雨月物語》與《春雨物語》

《雨月物語》在日本文學史上，佔有舉足輕重的地位，被譽為日本近代以前怪談小說的巔峰，是「讀本小說」的代表作品。後世研究日本文學及「讀本小說」的學者，都不能忽略《雨月物語》的價值。

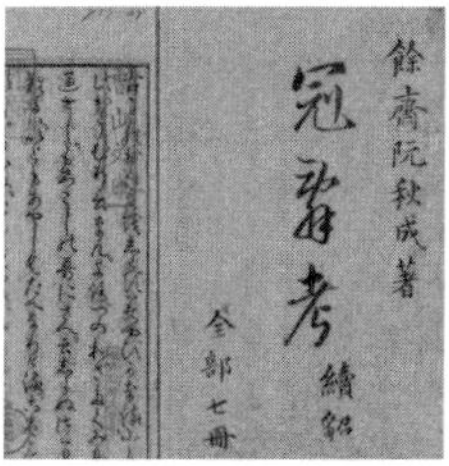

《冠辭考續貂》，上田秋成著

要深入瞭解《雨月物語》，我們首先要弄清楚，什麼是「讀本小說」？

所謂**「讀本小說」**，是江戶時代通俗文學的一種樣式。主要特徵是：吸取中國宋代話本、明清小說的情節素材、構思和表現手法，融入日本本土文化中；再以比較高雅的文字，改寫或自創的作品。相對於其他的通俗讀物，如草子、滑稽本、人情本等，讀本小說強調內容上的思想性、結構上的傳奇性，行文用字雅俗共賞、情節發展前後呼應，把先前膚淺的娛樂作品層次大大提升。它融合了草子的趣味及中國古典文學的滋養，既浪漫又寫實，是日本古代小說最完備的樣式。

中日兩國文學交流向來十分密切。日本歷史上有過兩次大規模的中國文化輸入：第一次是奈良、平安時代，透過遣唐使引進壯麗多姿的唐朝文化；

第二次就是在江戶時代。

江戶時代是一個長期和平、經濟繁榮、文化昌盛的時代，資本主義也在日本萌芽。這一時期人們的教育水準高、藝術欣賞力強，都市的市民階層正逐步形成，反映城市庶民生活的「町人文化」隨之興起，蘭學[4]、讀本小說、浮世繪、歌舞伎等，都成為時尚焦點。

讀本小說一開始是為迎合城市商人與市民在文化消費上的需要而出現。彼時中國宋代話本、明清小說大量傳入日本，先是掀起一股翻譯中國古典小說的熱潮，後來有一部分日本文人感到單純翻譯中國小說不夠盡興，開始嘗試改寫中國的流行作品。他們以「拿來主義」[5]的精神走捷徑，將明清小說的故事情節和主題思想，改頭換面套用到日本本土的歷史、人文環境中。最早的改寫作品是《御伽婢子》[6]，作者淺井了意[7]將明代瞿佑所著的文言短篇小說集《剪燈新話》[8]裡的人物、地點、時代背景等，整套從中國移植到日本，文風也改換成和風，使作品更加貼近日本市民階層的趣味和生活。

改寫是翻譯的進一步深化，「御伽」其實就是「夜話」，類似母親哄孩子睡覺時說的床邊故事。雖然《御伽婢子》還屬於「浮世草子」的範疇，但已為讀本小說提供了出現的條件。自它問世之後，借鑒、改寫、模仿中國小說之風日益盛行。儒醫都賀庭鐘繼承並發展了淺井了意的改寫方法，以馮夢龍的《三言》為藍本，創作了《英草紙》。《英草紙》是第一部意義上的讀本小說，它或借原故事講述本土風情、或改換人物敘述日本史實，給閱讀者帶來了十分新鮮的感受，因此吸引了眾多品味較高的讀者。在這本書影響下，江戶文壇誕生了一批優質的讀本小說，如《雨月物語》《南總里見八犬傳》《椿說弓張月》《本朝水滸傳》《三七全傳南柯夢》等等。

《雨月物語》全名《今古怪談雨月物語》，取材改寫自《剪燈新話》和《三言》，共五卷九篇志怪小說。初稿完成於一七六八年，八年後正式出版。其書名的由來，一般認為出自《牡丹燈記》中的「天陰雨濕之夜，月落參橫之晨」句。「雨濕之夜」和「參橫之晨」，正是鬼怪出沒的時段，取「雨月」二字，體現了夢幻般詭異灰暗的故事背景。

江戶時代，德川幕府實行「閉關鎖國」政策，統治階層嚴密控管文化領域，老百姓普遍在精神上受到強烈壓抑，潛在的反叛心理便孕育出「怪談文學」這種新的創作形式，而且蓬勃發展。讀本小說原來是僅供消遣的通俗作品，內容上也多以神怪、打鬥、滑稽為題材，以迎合普羅大眾的閱讀品味。《雨月物語》作

《椿說弓張月》，江戶時代的「草子」作品。曲亭馬琴撰，葛飾北齋繪

為以談玄說怪為主題的短篇小說集，卻別具一格，不落俗套。九個短篇全部風格新穎、結構緊湊，文字流暢典雅、表現手法洗練傳神，充滿了藝術魅力。

《雨月物語》中以《剪燈新話》為改編物件的有四篇，分別是參考《華亭逢故人記》的《白峰》、參考《愛卿傳》的《夜宿荒宅》、參考《龍堂靈會錄》的《佛法僧》、參考《牡丹燈記》與《翠翠傳》的《吉備津之釜》；其餘各篇則改編自《三言》。九篇小說的主旨重點各異，並不完全強調詭異恐怖；有的借史事闡述理想抱負、有的託鬼怪譴責人間不平、有的宣揚儒學以懲惡勸善、有的渲染佛法以探討宗教哲理和人生真諦。雖然內容怪誕，卻將怪誕昇華、美化，使之具有高度的幻想性，又兼顧浮世萬象的真實性。作者在情節的架構中，不是把怪誕作為一種庸俗的獵奇加以描繪，而是重在挖掘日本各階層人民生活中的喜怒哀樂，對人性進行深刻剖析，把對心靈的表達發揮得淋漓盡致，提升到一種堪稱高妙的境界。人的「本真」在亂世之下，透過詭譎恣肆的筆調嶄露無遺。藉著《雨月物語》，我們知道原來權謀的爭鋒、兄弟的信義、男女的愛欲、怨妒的執念，扶桑與中國都一般無二，卻能更加淒絕懾人，渾然沒有《聊齋》中的香豔情濃，笑語相攜。

雖然《雨月物語》在故事上與所借鑒的底本仍有不少相似處，但上田秋成的改寫已不同於以往的作家。他並非單純照搬中國小說，也不拘泥於原作的思想主題，而是在改寫的同時，循著原作的脈絡，結合日本的時代背景，對《剪燈新話》和《三言》中的相關篇章，進行藝術性的剪輯及再創作，重新編排情節、創造氛圍，極力融合日本的人情風俗，再摻入他本人的反復古主義思想，賦予作品新的主題和藝術特色。這使《雨月物語》既與所憑依的原作血脈相通，又在創作意圖、佈局構想等方面脫胎換骨、別開生面。正因為上田秋成從單純的借鑒模仿，向取捨創新邁出了一大步，他才超越了都賀庭鐘，成為江戶文壇的巨匠。

上田秋成精通漢文，作品中直接引用漢語詞彙和典故的狀況非常多，駢儷對偶，具有濃郁的中國文言色彩。他在引用古籍時，採取了不同的方式，有素材的汲取、有詞彙的引申、有表達的化用，將漢風日本化，並使兩者融合，再以日本傳統的審美情趣表現出來，充分展現他對中日兩國古典文學的深刻造詣。

「經百千劫，常在纏縛。古寺浮屠，如今已成了斷壁殘垣。蒿草高過人頭，辨不清三途之徑。」上田秋成的文字，與浮華的平安閒文比起來，只見其淩厲，不見其婉約。略帶鄉土味的言語、精妙的行文，字裡行間處處靈光閃動，頗具神秘的東方古典氣息、又有幽美淒怨的精髓。《雨月物語》熔日本民間傳說和中國神怪故事於一爐，文字精妙，琅琅上口；情節曲折，結構嚴密，更兼人物性格鮮明、氛圍刻畫生動，被譽

《貓之妻》，江戶時代的「草子」作品。曲亭馬琴撰，歌川豐國繪

為日本文學史上的經典傑作，當之無愧！

值得一提的是，日本名導演溝口健二[9]曾選取《雨月物語》中的《夜宿荒宅》和《蛇性之淫》拍攝同名電影。這兩部影片都充滿強烈的東方審美色彩，透過名攝影師宮川一夫的巧手，將故事發生的舞臺「幽靈豪宅」營造出一種朦朧而又金碧輝煌的氣氛。那鬼魅般跳動的燭火、委婉的三弦、暗影浮動的屏風、卷軸

溝口健二

溝口健二的代表作，電影《雨月物語》

畫般的女性臉譜……細小的、骨子裡的淒美神韻被無限放大到觀眾眼前。加上歌舞伎、音樂的配合，妖異幽玄、浮華虛渺的怪談世界躍然光影之間。本片因為精彩的意境塑造而受到高度讚賞，在一九五三年的威尼斯影展獲得銀獅獎。

《雨月物語》的姊妹作《春雨物語》，脫稿於文化五年（一八〇八年），是上田秋成晚年思想、人生體悟的巔峰之作。全書共十篇故事，有手稿本和抄本之分，在他去世後才出版刊行。

有別於脫胎自中國古典小說的《雨月物語》，《春雨物語》全部取材自日本正史與野史軼聞，以物語故事為載體，巧妙融合了真實歷史、虛構傳奇兩大要素，帶有濃郁的寓言和諷世色彩。作品中還摻雜了上田秋成的歷史、文學觀點，是他長年累月注釋史籍、古典文學名著的總結。其影響力雖不及《雨月物語》，卻也在日本文學史上留下重要的一頁。

王新禧

二〇一四年二月修訂再版

序於福州

1 「草子」（亦可寫作「草紙」）是江戶時代的娛樂性書籍的泛稱，有許多類型；其中的「浮世草子」多就花柳、戲劇等主題描繪庶民生活，代表作家為井原西鶴。

2 都賀庭鐘，（約一七一八年—一七九四年），江戶中期讀本作者，大阪人，字公聲，通稱六藏，號近路行者。也是翻案中國白話小說，創作讀本小說先驅。

3 《萬葉集》，和歌集，成於奈良時代晚期。可能由大伴家持編纂，收錄作品的作者涵蓋皇族、貴族到庶民。

4 「蘭學」，江戶時代中期到幕末，日本人透過荷蘭語學習的歐洲事務與科學知識的總稱。

5 「拿來主義」，魯迅在一九三四年的雜文《拿來主義》提出的概念，意為不加以擇取思考就一味採用某些想法的作法。

6 《御伽婢子》，作者為淺井了意，寬文六年（一六六六年）成書，十三卷六十八話，初期的怪談小說集。屬於較具有教育意義的「假名草子」，亦確立江戶時期怪談小說的雛形。

7 淺井了意（約一六一二年—一六九一年），江戶前期的僧侶，假名草子作者。法號了意、另有瓢水子，松雲等別號。

8 《剪燈新話》，明人瞿佑撰，約於明太祖洪武年間成書，具有濃厚的志怪與傳奇的成分。在中國流傳不廣（被視作禁書），但對日本、韓國甚至越南文學皆造成影響。

9 溝口健二（一八九八年—一九五六年）日本導演、編劇。地位崇高，擅長描寫女性，具有強烈寫實主義與女性主義色彩。溝口健二拍攝的《雨月物語》亦挑選書中以女性為主題的作品。

你不知道的江戶——當講鬼故事的上田秋成碰上大儒本居宣長

賴庭筠

接下來，我們在《春雨物語》中，會讀到一個比較尖銳、沒有那麼浪漫的秋成。讀者或許會覺得奇怪，為什麼連虔誠的信仰都會變成秋成諷刺的對象？但其實，秋成一直都是尖銳且善於體察事物本質的人。這一點，在他與本居宣長的論爭中，可說更為明顯。

一七七一年，也就是上田秋成三十八歲時，家中遭逢祝融之災。秋成只能帶著養母與妻子流離失所，好不容易在不惑之年定居於加島村（現今大阪市東淀川區加島町）並開始學醫。正式行醫後，秋成立志成為濟世利人的仁醫。不僅患者十分敬重他的博施濟眾，一家人也終於能過上幸福美滿的生活。後來謹慎行事的秋成因誤診而耽延了一名女孩的治療，使女孩命喪黃泉。對方家人非但不怪罪秋成，認為那就是女孩的劫數，日後仍待秋成甚好——但此事仍讓秋成耿耿於懷，最後不堪良心苛責而在一七八八年不再診療患者。之後秋成便隱居淡路庄村（現今大阪市東淀川區西淡路）。

江戶時代有四大饑荒——分別是寬永大饑荒、享保大饑荒、天明大饑荒與天保大饑荒。天明大饑荒起因於一七八二年氣候不佳，導致農作物歉收。一七八三年關東地區發生水災、淺間山火山噴發，使情勢雪上加霜。秋成中年執醫到晚年隱居這段時間，除了天明大饑荒，還有幾件值得記錄的大事。首先是他於一七七六年出版《雨月物語》，奠定其怪談始祖的地位。再者是他與本居宣長（一七三〇年—一八〇一年）之間始於一七七七年，維持長達廿餘年的論爭。宣長將雙方論爭整理在《呵刈葭》中，主要內容有古代音韻共計十六條、神話思想共計六條，堪稱近世最大規模的論爭。

雙方論爭之所以受人矚目，是因為當時日本國學以思想家賀茂真淵（一六九七年—一七六九年）為主流。因此師承賀茂真淵、爾後花費三十五年完成《古事記傳》的宣長在當時地位崇高；而長年潛心研究日本國學與漢學的秋成亦有一定分量。因此雙方論爭對日本國學產生重大影響。

首先是古代音韻，主要是在論爭古代日語是否有「ン」（n）等發音。宣長認為古代文獻沒有任何關於「ン」的記載，表示古代日語的發音沒有「ン」。後來之所以出現「ン」，是積非成是的結果。對此，秋成認為儘管「ン」沒有對應的漢字，卻是人類極為自然就能發出的聲音。因此古代日語不可能沒有「ン」。包括其他與音韻有關的論爭，後人大半支持秋成的說法。

再者是神話思想，主要是在論爭《古事記》《日本書紀》的神話是否屬實。本居宣長認為《古事記》《日本書紀》的神話屬實，並否定其他國家的神話——因此太陽女神，也就是天照大神誕生於日本而普照其他國家，而日本皇統優於其他國家。對此，秋成舉荷蘭傳入日本的《地球之圖》反駁宣長：「其他國家的人怎麼可能相信這個小島（日本）開創了萬國、照耀大地的日月誕生在這個小島，甚至前來這個小島朝貢呢？」由此更能看出雙方觀念的差異。

然而雙方論爭絕對沒有那麼簡單。畢竟宣長一八〇一年過世後七年，秋成在出版言詞犀利而為人所知的《膽大小心錄》時，仍不忘貶斥宣長：

「不像某個從伊勢來的人（宣長）自以為專門研究《古事記》就能對古典融會貫通。在我看來，他的融會貫通只是牽強附會。他還收了一堆學生，自以為是。說穿了，這個人只是想要出名，用《古事記》來乞討而已。」

「古典的神話說太陽、月亮和人一樣，有眼睛、鼻子與嘴巴。然而只要用望遠鏡看一看，就會發現太陽就像一團火球、月亮則是像一灘沸水，看起來和人完全不同。所以某個鄉下大叔（宣長）說的話，只有土包子才會相信，京都的知識分子是不可能接受的。那個鄉下大叔老是把『大和魂』掛在嘴邊，實在是搞不清楚狀況。每個國家的靈魂（精神）都是那個國家的缺點，好嗎？」

「那個鄉下大叔（宣長）竟然在自己的肖像畫上寫說：『日本人的心就像沐浴在陽光底下，閃閃發光的櫻花』，實在是自大到了一個極點。而且他還胡扯了一本《馭戒慨言》，竟然說熱田新宮的草薙之劍有多厲害，讓三河國（現今愛知縣東部）擁有兩百年的治世。就連總見院右大臣（織田信長）、豐國大神（豐臣秀吉）從尾張國（現今愛知縣西部）出來，平定天下的騷亂，也是拜熱田新宮的草薙之劍之賜。這種俗不可耐的說法，實在是欠缺說服力。」

秋成為評論或注釋《萬葉集》——還有《歌聖傳》《冠辭續貂》《金砂》《金砂剩言》等——時傾向以科學佐證，而從上述內容可以看出秋成打從心底厭惡宣長將歷史、神話混為一談，甚至企圖推廣的作為。此外，本居宣長提出「物哀論」推崇《源氏物語》等平安時代的文學，反對依儒家、佛家勸善懲惡的觀念對文學作品進行詮釋。同時出版《馭戎慨言》主張反儒排漢。然而秋成主張文學應隨著時代調整，不應拘泥於國學、漢學之分。因此儘管宣長確立了日本國學派的地位，秋成仍勇於挑戰，並走出屬於自己的讀本小說之路——這一點，想必也是後人推崇秋成的重要原因之一。

賴庭筠，政大日文系畢業，熱愛日語口筆譯、日語教學、採訪撰稿等工作。堅信「人生在世，開心才是正途」。持續累積相關經驗，於從事筆譯第十三年時突破一百二十本譯作，並展開全新的嘗試。
個人網誌　http://hanayusuke.blogspot.com/

你不知道的江戶

1

2

1 本居宣長肖像。來源：野村文紹，《肖像》，十九世紀。

2 賀茂真淵肖像。來源：永井如雲編，《文學名家肖像集》。

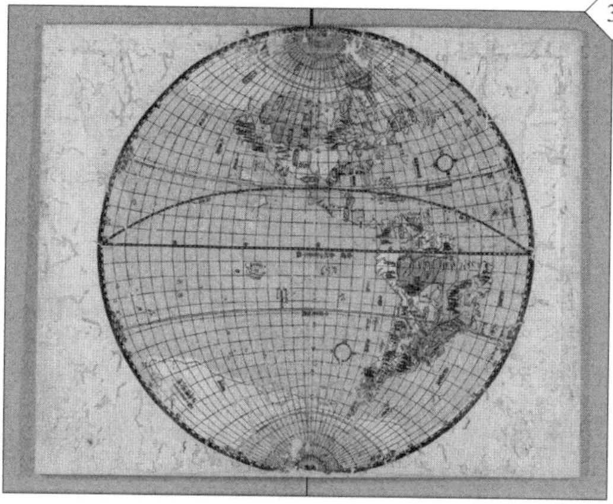

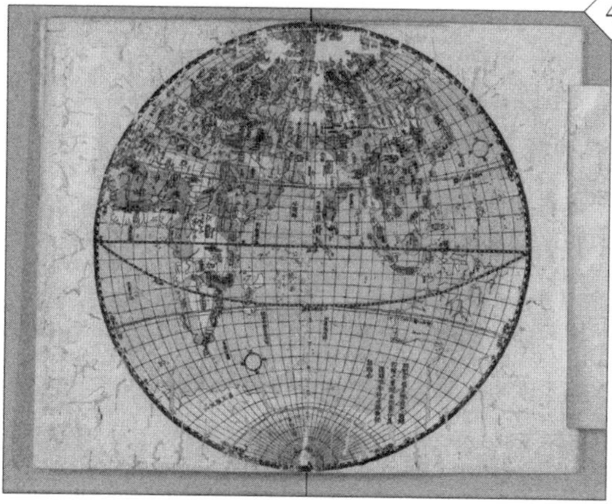

3、4《喎蘭新譯地球全圖》收錄的世界地圖。

5

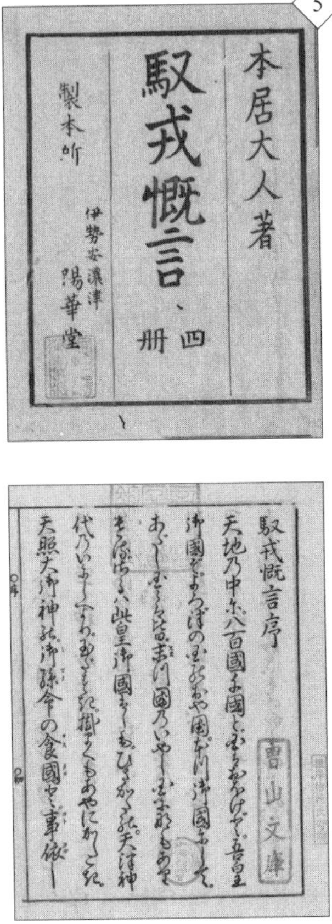

5 《馭戎慨言》，寬政八年（一七九六年）由山形屋傳右衛門出版的版本。

本文年表

一六九七年　賀茂真淵出生
一七三〇年　本居宣長出生
一七三四年　上田秋成出生
一七六九年　賀茂真淵過世
一七七一年　上田秋成因住家失火而破產
一七七三年　上田秋成於加島村行醫
一七七六年　上田秋成出版《雨月物語》
一七七八年　本居宣長出版《馭戎慨言》
一七八二年　發生維持六年的天明大饑荒
一七八五年　上田秋成撰《往往笑解》（已失傳）嚴詞抨擊《馭戎慨

言》，成為雙方論爭的起點

一七八五年　本居宣長撰《鉗狂人》

一七八七年　本居宣長撰《上田秋成論難同弁》，並與《鉗狂人》一同整理成《呵刈葭》

一七八八年　上田秋成隱居淡路庄村，目睹天明大火

一七九〇年　本居宣長謁見天皇後立志於京都推廣國學並創作《自畫自贊像》／上田秋成左眼失明

一八〇一年　本居宣長過世

一八〇八年　上田秋成撰《膽大小心錄》，猛烈批評本居宣長

一八〇九年　上田秋成過世

海盜 096

海賊　かいぞく

在下雖身為海盜，卻也知冤有頭、債有主。
我既與國守大人無冤無仇，絕不會妄自加害，請大人放心。

導讀一 118

唐風的日本——
讀〈血濺宮闈〉〈天津處女〉和〈海盜〉

再世之緣 126

二世の縁　にせのえにし

主人見他已徹底復活，便問他是否記得從前的事。
僧人答道：「我什麼事都記不清了。」

獨眼神

目ひとつの神　めひとつのかみ

獨眼神不斷催促拿酒來，
便有一隻兔子、一頭猿猴抬著大酒罈，
搖搖晃晃的走近，嘴裡嚷著：
「太重了，太重了，我們的肩膀實在乏力啊！」

138

屍首的笑容

死首の咲顔　しくびのゑがほ

「我早已料到會有今日的不幸了。
來世如何，誰也不知道，唯有把握今生才是。
麻煩元助兄明天早晨將阿宗送來我家，
我要在父母面前與她結為連理。」

152

舍石丸

捨石丸 すていしまる

小田提著寶劍贊道：
「我兒子真是武藏坊弁慶轉世，
好大的力氣，不愧是西塔第一法師！」

176

宮木之塚

宮木が塚 みやぎがつか

原本十太兵衛讓宮木帶了一把舞扇，
預備讓她起舞助興，但此刻人人爭睹宮木芳容，
宮木也不敢在這麼多人前面起舞，只默默陪著十太兵衛飲酒。

198

導讀一

沒有結果的愛情——
讀〈屍首的笑容〉和〈宮木之塚〉

224

和歌之魂
歌のほまれうたのほまれ
創作和歌的道理很清楚：生活安逸的人，歌中就展現悅樂之情；生活艱苦的人，歌中就充滿悲吟之聲。 234

樊噲
樊噲 はんかい
凶徒大藏，身高五尺七寸，體格壯健，相貌兇狠…… 242

導讀一
直心是道場——
讀〈舍十九〉〈樊噲〉和〈再世之緣〉 312

上田秋成年表 321

血濺宮闈

藥子見天皇興致頗高，
頻頻舉杯，便也跳舞助興。
只見她舞姿曼妙、翥鳳翔鸞，
揮團扇拂袖而歌。

自從鴻蒙[1]時代天地初開，我國已經歷過五十一代天皇執政，如今在位的是天推國高彥天皇[2]。這一年，天下五畿七道風調雨順，五穀豐登；百姓鼓腹而歌，一派太平盛世氣象。良禽無須擇木，即能安棲；賢臣無須擇主，自有任用。為了記錄這四海昇平的盛況，朝廷圖書寮[3]仔細查閱唐國典籍後，決議上奏天皇，改年號為「大同」[4]。

大同元年，高彥（即平城）天皇即位不久，就下詔為皇太弟神野親王營建東宮御所，命他遷居其中。如此優厚對待，是因為先皇在世時就特別恩寵神野親王，才使遺澤蔭庇至今。神野親王天資聰穎，博覽經史、貫通古今，並且專精草書、隸書。就連隔海的唐國也有人因為他的名聲，求他題字。

當時，唐國憲宗皇帝在位，聽遣唐使盛讚平城天皇的德政，便派遣使者到本朝進行互市貿易；另一方面，新羅國的哀莊王[5]也與本朝通好，年年循例進貢，每次貢品皆有數十船之多。

平城天皇因為體弱多病，繼位不久後，便想將皇位讓給皇太弟神野親王；但殿前公卿眾口一詞，紛紛勸諫：「茲事體大，還望皇上三思。」

某日夜間，平城天皇得一奇夢，見先皇面向自己，縱聲吟詠短歌：

晨起未聞鹿鳴，夜深躊躇難返。

天皇一驚而醒，細細咀嚼歌中含義，覺得先皇應該是希望自己早日讓位。

又一日夜間，平城天皇夢見有使者攜來先皇口諭，當殿宣達：「早良親王[6]的亡靈因為沒有子孫供養，到柏原御陵[7]向朕陳情，請求准予修廟供奉他。朕已經應允了早良親王，你快去辦好這件事。」

天皇醒來後既疑且懼，覺得這些怪夢都是因為自己優柔寡斷而起。慌忙召來法師、神官，登臨祭壇，為早良親王祓禊超度，又打算追封早良親王為「崇道天皇」。

大臣藤原仲成與妹妹藥子，對此事深深不以為然，竭力勸阻平城天皇：「《周禮》雖然有『觀天地之會，辨陰陽之氣，以日、月、星、辰可占六夢[8]之凶吉。』這個說法，難道真的就要因為幾個晦暗不明的夢境，就任意動搖乾坤、違背綱常嗎？陛下現在不過是氣血虛弱罷了，不如好好調理身體，讓那些邪佞之物沒有機會來騷擾您啊。」勸諫完畢，藤原仲成便立刻傳令，叫來自出雲國的御醫廣成對症下藥，為平城天皇調養身體。

1 「鴻蒙」在中國指的是遠古時代，盤古開天地的傳說時期。

2 高彥天皇，又稱平城天皇，諡號為「日本根子天推國高彥尊」。他在七八五年被立為太子，八〇六年因桓武天皇駕崩而繼位。八〇九年時，由於身體病弱，讓位給異母弟弟嵯峨天皇。

3 圖書寮：日本古代負責書籍管理、國史編纂的部門，也負責佛經、佛像的管理。

4 延曆二十五年五月十八日（西元八〇六年六月八日），日本改元「大同」。

5 哀莊王：姓金名清明，後改重熙，是新羅第四十代君主。

6 早良親王：桓武天皇之弟，因捲入藤原種繼被暗殺事件，遭到流放。早良親王堅持自己無罪，最終冤死於流放地。他死後桓武天皇家災禍不斷，皇太后與皇后相繼去世，宮中又出現靈異事件，皇太子也病入膏肓。桓武天皇卜筮問占，陰陽寮認為是早良親王的怨靈作祟。於是桓武天皇為早良親王修廟建寺，並追封為「崇道天皇」。

7 柏原御陵即桓武天皇陵寢，位於京都市伏見區深草坊町。
8 《周禮》六夢：一曰正夢；二曰噩夢；三曰思夢；四曰寤夢；五曰喜夢；六曰懼夢。

公卿臣僚也聚集起來商議對策。他們決定派遣祓禊神官前往全國各地的神社，同時召伯耆國高僧玄賓法師進京。

玄賓法師曾經擔任僧都[9]一職，後來因為看不慣弓削道鏡[10]倒行逆施，憤而辭官，隱遁山野。這次奉召入宮驅魔，法師便全力施為；七天之後，妖氛盡散，玄賓法師就稟告平城天皇，懇求天皇准他辭行離開。平城天皇在法師幫助下身心俱安，心中喜悅，想留他多住幾日。但玄賓法師似有所悟，竟無視天皇的期盼，逕自回到伯耆國去了。

另一方面，因為勸諫天皇尋求法師協助而成為「驅魔」功臣的藤原仲成與藥子兄妹，在此之後更是千方百計的對平城天皇逢迎、獻媚。表面上處處投天皇所好；暗中處心積慮，想方設法離間天皇與其他大臣。平城天皇雖然似有所覺，卻一笑置之，並不追究。宮中夜夜笙歌，美貌嬌豔的少年、少女翩翩起舞，齊聲高唱天皇御制短歌：

雄鹿呦呦覓佳偶，聖心如露溶寒霜。

藥子見天皇興致頗高，頻頻舉杯，便也跳舞助興。只見她舞姿曼妙、翥鳳翔鸞[11]，揮團扇拂袖而歌：

三輪神社門開敞，吾皇千秋萬古存。

一曲舞罷，席間無不盡興；次日平城天皇神采奕奕，依舊上朝理政。彼時，皇太弟神野親王精於文藻、玄鑒宏達，難免受小人嫉妒。時常有對他不利的讒言傳入平城天皇耳中。

每逢小人進讒，平城天皇總是自忖：「本朝自皇祖神武天皇[12]仗劍東征、舉矛開國以降，直至第十代崇神天皇，史書皆無詳細記載[13]，《日本書紀》對這段歷史也語焉不詳。之後儒教由漢土傳入，國人本應以聖賢之教律己、以聖賢之道待人，懲惡揚善，恢弘正氣。可惜世風日下，奸邪當道，巧言令色之徒弄得天下擾攘難安。朕雖疏於讀書，才薄學淺，卻也知道該當遵照聖賢教誨，黜邪崇正，如此才是治國之道。」因此從不理會那些對弟弟的讒謗流言。

某日天清氣朗，萬里無雲，突然從雲天之上傳來「隆隆」震響聲。正在大殿上打坐的空海大師急忙默誦咒文，手持念珠提氣大喝。喝叱完畢，半空中掉下一個奇形怪狀的物體。眾人圍攏一看，竟是乘著飛車的蠻人。空海大師將他擒住，關進箱中，又命人將箱子拋入難波津。忌部濱成[14]在怪物隕落處掘地三尺，朝天禱告，以驅除邪氣。這件事甚為奇特，不知如何解釋。

某日，皇太弟神野親王到柏原御陵，參拜父皇陵寢。他在桓武天皇陵前獻上一道密奏，奏文內容除親王本人外，沒有別人知曉。

9 僧都：日本模仿中國之制，設立的統率僧尼的官名。職位次於僧正、僧統。

10 弓削道鏡（？—七七二年），日本奈良末期僧人。七五二年進宮中道場，因受孝謙女皇寵信，一路高升，七六六年授法王位。他大力推行佛教政治，儼然「無髮天皇」，被反對者稱為「妖僧」。後因篡奪皇位失敗，被流放到下野國藥師寺，死在此地。

11 舞姿曼妙之意。

12 神武天皇：日本開國之祖、第一代天皇，傳說他建立了最早的大和王權。

13 崇神天皇是最早可考的天皇，在他之前的九代天皇，第一代神武天皇的傳說含有大量神話色彩，不能確定是否真的存在過。自第二代綏靖天皇到第九代開化天皇之間的八代天皇，在日本史書上僅有年表（即位、系譜），而治理事蹟卻付之闕如，故被稱為「闕史八代」。

14 主管祭祀的部門叫「忌部」，管理忌部的氏族便稱為「忌部氏」。

翌日平城天皇也到御陵參拜。只見百官前呼後擁，左右大將、中將佩劍持戈，替天皇護駕；山珍海味、金銀幣帛擺滿供桌；松樹、柏樹上彩條飛舞。如此盛況，也只有上古神之世代才能類比。雅樂寮[15]的笛師、唐樂師、腰鼓師、伎樂師分列左右，笙笛鼓樂、急管繁弦；就連車夫、兵卒都聽得如癡如醉。

正在一片寧和喜樂之時，忽然風雲變色，大片烏雲由山後翻湧而至，幾乎伸手不見五指。文臣們趕緊扶平城天皇上了御輦，武將及衛士們在旁護衛，眾人簇擁著天皇急忙回宮。在「陛下返宮」的高呼聲中，大伴氏人[16]急急開啟宮門，迎接聖駕；御醫們聽說天皇受驚，迅速調配藥劑送入御所。

經過此事，平城天皇雖然無恙，心中卻認定謁陵時的事故是先皇催自己讓位的警兆。他持杯在手，一面吃著一條以雙崗蕨調味的栗棲野河鱠魚，一面沉吟思索。當晚明月皎潔，杜鵑的鳴啼清脆悠遠；片刻後，天皇步入寢殿休息。

次日清晨，平城天皇召空海大師殿前問對。天皇問：「且先不提上古的三皇五帝，請大師替朕講講，後世的帝王們如何治國？」空海回稟：「無論何邦何國，皆非先立禮教方才開國。昔時殷湯『網開三面，德及禽獸』[17]，便是得民心之道。還望吾皇勤勉政務、事必躬親，使黎民百姓能日出而作、日入而息，饑則得食、渴則得飲。若能如此，則民風淳樸，蒼生不生非份之想，天下垂拱而治！」天皇頷首贊許，深以為然。

皇太弟神野親王此時也在殿上，與平城天皇一起聆聽空海大師縱論古今。天皇問神野親王：「周朝享國八百餘年、炎漢享國四百餘年，你且說說，它們是如何令國家長治久安的？」神野親王向來慎思明辨，默忖片刻，答道：「周與漢享國雖久，但周開國七十餘年後，國力便日趨衰弱[18]；而漢高祖屍骨未寒，呂后已篡權亂政。凡此種種，皆非秉政者所能預料。故而長治久安，並不全憑人力。」

平城天皇道：「依皇弟所言，難道是指『天意』？『天』者，乃皇祖天照大御神光照大地之處。又有人說『高高在上，空空曠曠』即天。儒者言：『天即主宰，主命祿。』佛家則云：『天，十界之一，天眾所居，有樂、善、妙、高、勝之趣。天帝時常聆聽佛理。』然而天命渺渺、天數難測，眾說紛紜，歧義多端。到底何為『天意』？實在令人費解。」

皇太弟聽完沉默不語，躬身退出大殿。

翌日早朝，平城天皇頒旨退位，讓皇位於神野親王。神野親王上表固辭：「天下神器，不可輕傳。皇業大寶，非聖不踐。」平城天皇仍然堅持讓位，神野親王遂即位登基，是為嵯峨天皇。

平城上皇退位後，打算遷居舊都奈良。奈良古城歷史悠久，從元明天皇[19]到桓武天皇七代之久，皆定都於此。有歌讚頌奈良城曰：

如花開之盛，若花綻之芳，欣欣向榮。

上皇因為憶起這首歌，便決定搬到奈良安居。選好吉日，平城上皇一行出了京都，向奈良而來。鑾輿行至宇治川沿岸，上皇下令暫且在此歇一歇。他遠眺河川，詠道：

武者勇無儔，盡忠奉君皇。吾願前方奈良道，萬代平坦似板橋。

詠畢，命歌人連唱七遍。上皇興猶未盡，舉杯道：「雖不見漁人翻波逐浪，沙洲上卻有水鳥群聚嬉鬧。值此妙景，當浮一大白。」藥子連忙為上皇斟滿美酒，上皇吩咐道：「就以此地地名為題，諸位卿家各詠歌一首，如何？」

藥子先詠一首，道：

丹霞映紅朝日山，宇治河風穿衣袖。

上皇笑道：「河風涼爽，甚暢胸臆。」
左中將藤原惟成也跟著吟詠一首，歌曰：

願侍君上渡川去，敬祝聖皇無煩憂。

兵部大輔橘三繼也和道：

兩岸繁花似麗姝，山吹花開迎吾皇。

15 雅樂寮是古代日本樂舞的教育機構。

16 大伴氏是古日本強勢氏族之一，係以服務皇室的職業名為姓氏的家族。氏族首領稱為「氏上」，同族成員稱為「氏人」。

17 把捕禽的網撤去三面，只留一面。比喻採取寬大態度，給人一條出路。見《史記．殷本紀》：「湯出，見野張網四面，祝曰：『自天下四方，皆入吾網。』湯曰：『嘻，盡之矣！』乃去其三面。祝曰：『欲左，左；欲右，右。不用命，乃入吾網。』諸侯聞之，曰：『湯德至矣，及禽獸。』」

18 《史記．周本紀》：「昭王之時，王道微缺。」從周武王算起，到周昭王時，正是七十餘年。

19 元明天皇（六六一年—七二一年）：日本第四十三代天皇（女天皇）。在位時模仿唐都長安，建平城京（今奈良）。七一〇年遷都平城京，開創奈良時代。

上皇笑道：「愛卿歌中的山吹花[20]，可是來自藤原京一帶？那兒是飛鳥[21]舊都，還留有大草香皇子的宮殿呢！」

之後，平城上皇與眾臣僚雅興不減，又吟詠了不少和歌，在此就不一一贅錄。

當晚，眾人在奈良阪遊宴，上皇問道：「常見人以『側柏』入詩，『側柏』寓意是什麼？」藥子答道：「側柏的葉子正反兩面都相同，比喻人心在表面上看不出好壞。不過，侍奉我皇的大臣，全都忠心耿耿，不會有不測之徒。」上皇頷首微笑，當夜在舊宮安寢。

第二天清晨，內侍高卷珠簾，平城上皇遠眺四方：東面是春日、高圓、三輪諸山，逶迤綿亙；南面鷹鞭山高聳入雲；西面葛城、生駒二山，山色如黛、蔥郁青翠。上皇自言自語：「本朝定都奈良，歷史悠久。不知何故先皇要將帝都北遷至平安京[22]？」正沉吟間，有人稟道：「北面乃元明、元正、聖武三位先皇的陵寢。」上皇忙垂首恭立，遙向北面而拜。此時，奈良舊都古剎林立、佛塔遍佈，城中尚有眾多百姓未曾遷往京都，繁華一如往昔。

20 日本稱棣棠花為「山吹」，自古以來即是詩人吟詠的對象。詩人認為山吹花開之時，是山魂甦醒的季節，為大地帶來光明的色彩，象徵著希望與美好的未來。

21 飛鳥時代：始於五九二年推古天皇遷都飛鳥，止於七一〇年元明天皇遷都平城京。上承古墳時代，下啟奈良時代。

22 桓武天皇於七九四年將首都從奈良遷到平安京（現在的京都），開啟平安時代。

因為要參拜東大寺毘盧舍那佛[23]，平城上皇用過早膳便起駕離宮。到了東大寺，只見佛像高大，上皇昂首仰視，驚歎道：「真是宏偉啊！毘盧舍那佛誕生在西方極樂淨土，而今以陸奧的金粉塗身，愈發熠熠生輝、光華耀人。」寺中法師稟道：「這尊佛像乃依《華嚴經》中所描述的佛相塑成。我佛如來善能變化，身軀縮小可容於穀粒之中。唐時，佛陀肖像渡海傳入本朝，佛像腳底鐫有『開元』年號。天竺國曾三度大興土木營造佛像，高五尺餘，盡顯如來真容。望吾皇體惜民役勞苦，勿效天竺國君，擾民傷財。」

聽完法師諫言，平城上皇臉色微變，卻並不發怒，只是默然不語。幸虧上皇性情柔善，否則法師不免身遭橫禍；而上皇之所以令人敬仰，也正在這個細微之處展現。平日裡，上皇即使面對藥子、仲成等人的挑撥離間，亦未見責，頂多整整御烏帽子[24]，莊容正色、表明態度而已。

到了用膳時間，上皇怒氣已消，顏色稍霽，問道：「難波漁夫貢奉鮮魚那段故事，是否就發生在這附近？」

藥子答道：「昔年應神天皇立幼子菟道稚郎子為皇太子。應神天皇駕崩後，按照他生前遺囑，群臣欲立菟道太子為皇。但菟道太子言道：『豈有兄長在，而幼弟為君者？此事有違聖人教誨。』想將皇位讓給大鷦鷯皇子。大鷦鷯皇子認為先帝遺志不得違背，也不肯即位為君。於是兄弟二人推來讓去，竟使皇位空了三年之久。那時因兄弟相讓，難波的漁夫進貢鮮魚，都不知該送往何處，導致鮮魚全都腐爛。後來菟道太子為了使兄長不再為難，終於一死了之。大鷦鷯皇子這才即位，是為仁德天皇。百姓感佩不已，尊之為

『聖王』。兄弟二人的事蹟代代相傳，流芳百世。」

藥子又說：「推古論今，陛下您也是將皇位讓予兄弟，在位僅四年便退隱奈良。天下百姓及文武大臣對此都極為失望。人人都說：『而今在位的天皇，熟讀唐書史籍，定是效仿唐國惡弊，篡奪了上皇大政。』」

上皇聽藥子如此說，連忙搖手阻止她：「不可胡言！」

藥子卻繼續說道：「陛下理應明白，如今群臣都盼著您能回京復位呢！」

嵯峨天皇的數名心腹當時也在場，聽了這話，心中嘀咕，私下交頭接耳，小聲議論。

藤原仲成跟著上奏：「陛下對外可推說御體有疾，退位只是一時權宜。

如今御體痊可，便能復位執政。若現任天皇心有不滿，臣右兵衛督願領兵至奈良山、泉川，宣示陛下天威。」

不久後，一首讖謠在京都內外傳得沸沸揚揚：

南國春暖鮮花開，北窗飄雪人心寒。

讖謠傳入朝中，嵯峨天皇立即召來奈良近臣一一查問。有人舉發道：「謀逆之事都是藥子、藤原仲成二人主謀。今年春正月，照例須向奈良內廷貢奉藥材三種，卻只得屠蘇、白散，未見度嶂[25]。上皇詢問緣由，藥子淚下沾襟，泣道：『臣不敢獻度嶂。只因度嶂二字，有度過險嶂之意。奈良阪雖寬順平坦，奈良青山卻層巒疊嶂，阻擋著陛下的前路。陛下既無法度過那險嶂峭壁，回到京都，臣又怎敢獻度嶂？大和國的供物也因此未能盡數貢上』……以上就是藥子在上皇御前所言，其他的話，微臣便不知曉了。唉，欣逢盛世，藥子、仲成卻意圖不軌，為一己私利，想陷蒼生於烽火，真是令人悲歎。」

嵯峨天皇查察屬實後，立即派遣官兵，擒拿藤原仲成，梟首懸屍於奈良阪示眾；藥子也被軟禁起來。

23 日毘盧舍那佛（梵文 Vairocana），又譯為「毘盧折那」「毘盧遮那」「盧舍那佛」「遮那佛」「大日如來」。原出自《華嚴經》，是釋迦牟尼的別稱。但因譯音不同，造成後世各宗派對它有不同的解釋。

24 烏帽子：以薄紗或是絲絹製成，外表塗以一層黑漆，重量很輕。烏帽子的種類很多，公家一般戴挺直的「立烏帽子」。

25 屠蘇：漢末名醫華佗創製的藥酒，具有益氣溫陽、祛風散寒的功效。白散、度嶂均為方劑名。

高丘親王乃上皇第三子，本已定為儲君。受「藥子之變」連累，嵯峨天皇對上皇頗有顧忌，乃廢高丘親王太子之位，下詔令其削髮為僧。親王出家後，法名真如，先是師從道詮學習三論[26]，後又拜在高僧空海門下，潛修真言宗奧義。貞觀三年[27]，真如出海入唐。學成後，又一路翻越蔥嶺、過羅越國[28]，返回本朝。朝野上下欽佩不已，都希望他登基為君。

26 三論是佛教三論宗的經典。三論宗：因依《中論》《十二門論》和《百論》三論立宗，故名。

27 此處的「貞觀』」是日本清和天皇的年號，不是唐太宗李世民的年號。上田秋成計算有誤，高丘親王是貞觀四年（八六二年）率僧俗六十人乘船前往唐土，不是貞觀三年（八六一年）。

28 羅越國：馬來半島南部的古國。

再說藥子。她被軟禁幽宮之後，不但毫無悔過之心，反而怨氣鬱積，難以紓解，終於橫刀自刎，血濺宮闈。血跡洇染在絲質屏風上，始終不乾。傳說曾有勇者以箭矢射之、以刀劈之；結果箭折刀鈍，無法將染血的屏風毀壞，聽聞此事的人無不驚悚顫慄。

上皇對此卻概不知情，只認定一切混亂乃是自身有失檢點之故，發願出家。史載上皇終年五十二歲。

天津處女

那些沒有受到寵倖的舞姬，
將面對終身被幽禁在伊勢加茂齋宮中，
不得另覓良緣的命運。

嵯峨天皇英明睿智，以賢能著稱。他任內四海昇平，大力推行「唐化」運動，國內一切典章制度、生活方式，全都仿效唐國。從此之後唐風大興，幾乎讓原有的本土風尚全數消失。就連皇女們創作和歌時，也會刻意將諸如「非草非木乃是竹」「吹毛求疵」之類的半夾生漢文放入歌中，使得和歌詠唱者無法順利傳唱。

當年平城上皇治理時，只有四年便退位下野，許多人為此扼腕歎息，免不了暗中議論，猜測上皇或許有復位的念頭。嵯峨天皇也對上皇懷有惻隱之心，下詔冊封御弟大伴親王[29]為皇太弟，以安慰上皇。世人都稱贊嵯峨天皇胸襟博大、深謀遠慮。

嵯峨天皇在位十四年，退位後效法唐國歷史上的堯帝，在嵯峨雲山北邊建造了一座「茅茨不翦」[30]的別宮。之所以這樣做，是因為先皇所經營的平城京，在結構上與唐國都城相似，不合本朝舊制。嵯峨天皇希望藉著新建的別宮，重現昔年瑞籬宮[31]的簡樸無華。

在定都平安京之前，桓武天皇曾先將國都遷到長岡京，但公卿大臣紛紛抱怨長岡腹地狹窄，每天上朝時，都要由平城京趕到長岡京，散朝後再趕回家，十分不便；而平城京的普通百姓，也大多不願移居新都。桓武天皇的初次遷都，因此陷入窘境。

於是，天皇又建了平安京，再度遷都於此。新都奠基當天，天皇特意向豐岩真戶、櫛岩窓等神禱告祈福。後來平安京果然繁榮興盛，王公大臣的豪宅別苑鱗次櫛比，比奈良更顯繁華。

再說嵯峨上皇退位隱居時，正值壯年。他學識淵博，堪比漢代大文豪賈誼，常在別宮向隨侍近臣推薦《漢書》。自己更是孜孜不倦，苦練書法。為了精研草書、隸書，還派人渡海前往唐國，搜購大量名家真跡。

某日，沙門空海入宮覲見嵯峨上皇。上皇取出一卷字帖，說：「這是王羲之真跡，近日方才購得，請大師品鑒。」空海接過，瀏覽一番後，笑道：「陛下明鑒，此帖其實是貧僧在唐國時，臨摹王羲之的習作。」說完翻過字帖，果然在背面不顯眼的一個角落裡，寫著「日本釋空海」字樣。上皇當著群臣丟了顏面，頗為不快。不過書法技藝比不上空海，卻也不冤；畢竟他可是「五筆和尚」。之所以稱作「五筆」，就是指空海精研書道，到了篆書、隸書、楷書、草書、行書五種字體都專精的地步[32]。

29 大伴親王（七八六年—八四〇年）：桓武天皇第三皇子，八一〇年被立為皇太弟，八二三年登基，是為淳和天皇。

30 茅茨不翦：崇尚儉樸，不事修飾。《墨子．三辯》：「昔者堯舜有茅茨者，且以為禮，且以為樂。」又《韓非子．五蠹》：「堯之王天下也，茅茨不翦。」

31 日本第十代崇神天皇遷都磯城，稱瑞籬宮。整個宮殿被籬笆圍繞起來，在入口處，用自然圓木做成簡易宮門。

32 空海是「和式書道」，即日本書法的創始人，其書法最高傑作是《風信帖》。相傳唐朝皇宮牆上的王羲之墨蹟，因年久而殘缺不全，唐德宗（一說唐憲宗）命空海填補闕字。空海揮毫而就，竟與書聖的真跡一般無二，唐皇遂讚譽他為「五筆和尚」。

上皇退位後，皇太弟大伴親王即位，稱作淳和天皇。次年，淳和天皇改年號為「天長」。當年秋天七月七日，奈良的平城上皇駕崩，諡號「日本根子天推國高彥尊」。

嵯峨上皇見識不凡，力倡唐化使我國萬象更新。淳和天皇登基後，沿用上皇的典章律令，以儒教治天下。同時，淳和天皇還大力推行佛法，把佛祖置於天皇之上。於是全國各地廣建佛堂、佛塔，而那些博學多聞、靈驗素著的高僧們，雖不必像公卿大臣那樣上朝奏事，卻也能時常參與議政。新皇的律令自然也受到僧侶和佛家思想的影響，人們都在暗地裡議論：「如來大智。陛下為求冥福，看來已經被無邊佛法網住了。」

再說中納言和氣清麿，曾在高雄山興建神願寺。後來妖僧道鏡偽造宇佐八幡神宮的神諭，企圖篡奪皇位。清麿不畏淫威，向女皇闡明神諭真相，因此被盛怒的道鏡貶為因幡員外介。後來道鏡又藉故將清麿貶為庶民，流放到大隅[33]。直到稱德女皇晏駕，清麿才回到京城。他的忠誠耿直雖然受到人們敬重，但一直擔任中納言終老，再也沒有晉升。

市井傳聞，他是因為得罪了小人，受到惡言毀謗，所以即使他在老家備前國大興水利、安置流民，立下大功，依然無法獲得升遷。後來，人們將神願寺改名為神護寺，就是為了紀念清麿曾經保護神德不受褻瀆的功勞。

天長十年，淳和天皇讓位給皇太子正良親王。如此一來，就出現了嵯峨、淳和兩位上皇坐鎮幕後、亙古未有的局面；即便是在唐國，也從沒有這樣的情形發生。

正良親王即位後，稱為仁明天皇，改年號為「承和」。自改元以來，佛事日盛，儒學卻發展漸緩。就好比並行的車輪，突然有一邊出現問題，車速不得不放慢。之所以如此，是因為仁明天皇羨慕唐國佛教興盛，產生驕奢攀比之心，才讓自己的虛榮心膨脹起來。

仁明天皇在位時，有個六位藏人[34]叫良岑宗貞。他聰明穎悟，頗有才學，受到天皇青睞，被召入內宮。一開始天皇只讓他吟詩作文，後來寵信日深，連朝廷政事也經常問計於他。宗貞生性狡黠，知道自己不諳政事，就深自藏拙，對朝政從不多言。但每逢天皇問及詩歌、樂舞時，他就竭盡全力，引經據典，所言往往出乎天皇意料之外，天皇因此更加恩寵他。

良岑宗貞是個好色之徒，有一天，天皇召他商議豐明節[35]會相關事宜，他便趁機提議增加舞姬的人數：「昔年清見原天皇[36]避禍於吉野時，有五位天女自祥雲間降下，翩翩起舞，撫慰天皇。後來五天女下凡便成了預示天皇登基的吉兆。因此，微臣認為在豐明節會上再增設五名美貌舞姬，正合五天女的古例，很有必要。」

仁明天皇與宗貞一樣喜好美色，聽了這話正中下懷，當即准奏。接著立刻降旨，從那年冬天開始的節會上，增設五名舞姬助興。詔令一出，大臣、納言、參議等人爭先恐後的將自家女兒打扮得花枝招展，希望她們在節會上得到天皇垂青。然而，就和古代一樣，那些沒有受到寵幸的舞姬，將面對終身被幽禁在伊勢加茂齋宮中，不得另覓良緣的命運。

天長年間，和歌再度興起。良岑宗貞、文屋康秀、大友黑主、喜撰法師等名家輩出[37]。也有幾位才華不比男子遜色的女歌人，如伊勢、小野小町等人。她們的新和歌與傳統和歌迥然不同，因此流芳百世。

33 七六九年，道鏡覬覦天皇寶座，便讓八幡宮的主神官上奏，說在宇佐八幡神宮得到了「道鏡即位，天下太平」的神諭。位於九州的宇佐八幡神宮是神道教的著名寺社，影響力很大，因此稱德女皇派和氣清麿為特使，前往確認。如果神諭為真，她就讓位給道鏡。臨行前，道鏡向清麿許諾說，如果他當上天皇，就讓清麿做太政大臣。然而和氣清麿取回神諭後，明確宣告：「道鏡無道，敢窺神器，天國立嗣，須歸皇族。無道之人，宜早清除。」稱德女皇很不滿意這個神諭，便將和氣清麿流放到外地。

34 六位藏人：「六位」是官階，「藏人」指的是在內廷奔走的內侍。

35 大嘗祭後的饗宴。大嘗祭是天皇即位舉行的祕密儀式。

36 清見原天皇，即日本第四十代天武天皇。因皇位繼嗣問題與弘文天皇爆發衝突，到吉野避難。後來他以東國為基地，在「壬申之亂」中勝利，翌年繼位於飛鳥淨御原宮。

37 良岑宗貞（僧正遍昭）、文屋康秀、大友黑主（大伴黑主）、喜撰法師，加上小野小町、在原業平，合稱「平安六歌仙」。其中小野小町是女性。和歌本是民間文學，貴族只把它看作餘興消遣，不能列入文學殿堂。但到了六歌仙時代，和歌正式開始與漢詩分庭抗禮。

據說當年淳和天皇在四十大壽慶典上，御覽了興福寺僧人獻上的長歌，讚美道：「這該算是僧家的第一首長歌吧？了不起。」可是，今日再讀那首長歌，便會覺得也不過爾爾；可能在當時算是稀有，才顯得珍貴吧！

仁明天皇似乎也不瞭解人丸、赤人、億良、金村、家持[38]等歌人的作品。

有一天，仁明天皇問空海：「本朝自欽明、推古[39]以來，廣收佛家典籍，然而至今仍有諸多佛經不曾收錄。卿家的真言宗咒術，與佛經相比，又有何用？」空海答道：「所謂經典，猶如醫者學《素》《難》[40]之書，從而認識運氣、六經一樣。真言宗的咒術，就像良醫對症下藥，開出黃耆、人參、附子、大黃等，使患者服藥後痊癒。因此，佛經與咒術就像車子的兩個車輪，讓它們同時轉動，車子才能前進。」

仁明天皇點頭稱是，賞賜了空海不少東西。

天皇清楚宗貞以好色聞名，某天想一試真假，就穿著棠棣色外衣，扮作女子躲在後涼殿窗下。宗貞路過時，看到窗下露出的袖角，便上前拉扯袖子，意圖調戲窗下之人。扯了幾下，對方卻默不作聲，宗貞於是低聲唱道：

穿著山吹花色衣服的美人啊，妳怎麼不開口？

難道像梔子那樣，天生沒有嘴巴？[41]

語音剛落，仁明天皇脫去女裝，從窗後走了出來。宗貞一看窗後竟是天皇，大駭之下轉身就逃。天皇卻沒動怒，只喊了一聲：「站住……」而已，此事不了了之。

漢朝時期有一位寵臣，在與國君同遊種滿桃樹的庭園時，摘下桃子咬了一口。他覺得桃子味道甘美，便將咬過的桃子遞給國君吃。國君不但沒有責怪他，還稱讚他關心自己，對他更加寵信。[42]而仁明天皇與宗貞這段軼事，也和漢朝國君賞識那個寵臣不分軒輊。山吹花色後來被稱作「無嘴色」，便是因為宗貞的這首和歌。

淳和天皇的皇后橘嘉智子，也就是如今的皇太后[43]，是太政大臣橘清友之女。某日，圓提寺僧侶上奏：「先皇托夢，囑咐本寺立橘氏神位祭祀。」仁明天皇原本有心准奏，太后在內宮聽說此事，立即召見天皇道：「橘氏是外戚，進入國家宗廟接受祭祀，有失體統。更何況孔子曾說：『人道近、神道遠。』橘氏萬萬不可入祀圓提寺。」因為太后這番話，天皇駁回了圓提寺僧侶的上奏，橘氏神位供奉在葛野川今之梅宮祭祀。像太后這樣識大體、明大義的女中丈夫，自然對宗貞的好色行徑厭惡到極點。

承和九年，嵯峨上皇駕崩，伴健岑與橘逸勢等人趁國喪之際，密謀造反。結果事機不密，被阿保親王察覺，親王立刻上奏天皇，發兵擒拿叛黨。敉平亂事後，太后因為橘逸勢敗壞橘氏名望，請求天皇對他從重量刑。此次叛亂的主謀恒貞親王，則被廢去東宮之位，落髮為僧，法號恒寂。當世人民有感而發：「嗟乎！受禪廢立之事，原以為只見載唐國史籍，如今本朝也步上唐國後塵了！」

38 這五人都是奈良時代的著名歌人。

39 欽明天皇（五〇九年—五七一年）：日本第二十九代天皇。推古天皇（五五四年—六二八年）：日本第三十三代天皇，也是日本歷史上第一位女天皇。

40 素難：指《黃帝內經素問》與《黃帝八十一難經》，都是古代中醫學的經典著作。

41 此歌收錄於《古今和歌集．卷十九》。

42 《韓非子．說難》：「彌子名瑕，衛之孌大夫也……與君遊於果園，食桃而甘，不盡，以其半啖君。君曰：『愛我哉！亡其口味以啖寡人。』」

43 此處上田秋成原文有誤，橘嘉智子是嵯峨天皇的皇后，而不是淳和天皇的皇后。因此在仁明天皇時，她應該是太皇太后。

仁明天皇崩於嘉祥三年[44]，因陵寢位於紀伊郡深草山，被後人稱為「深草之帝」。

仁明天皇大殯那天深夜，寵臣良岑宗貞忽然銷聲匿跡。人們都說他是因為沒了靠山，害怕太后和眾公卿會對自己不利，這才躲藏起來。雖說當時已廢除殉葬法，但他也被認為很有可能追隨先皇去了另一個世界。

實際上，宗貞並沒有殉死，而是身穿僧衣、頭戴斗笠，扮作一副落魄貧寒的模樣，雲遊天下去了。

某夜，女歌人小野小町旅行途中，在清水寺歇宿，正獨處一房默誦經文時，忽然聽見隔壁房中也傳來誦經聲，聽來頗為熟悉。小町心道，難道隔壁竟是良岑宗貞？便寫下一首和歌，讓人送過房去。歌曰：

旅臥石板床，涼露侵肌寒；願借法師一苔衣。

宗貞看了和歌，認得是小町筆跡，便翻過紙來，在背面回了一首：

貧僧厭塵世，苔衣苦單薄；莫若二人共御寒。

宗貞讓人把歌紙送回小町房中，自己則急匆匆地離開了清水寺。後來小町將和歌呈給五条皇太后[45]，太后看了，感歎道：「唉，此歌作者必是先皇寵臣良岑宗貞，可惜沒留住他。」

不過，宗貞在雲遊京畿諸國時，還是被人發現了行蹤，並稟報朝廷。在位的天皇賞識他博學多聞，將他改名遍昭，並擢升「僧正」之位。

遍昭無行無德，卻能平步青雲，只能說這是他前世修來的福分了！

僧正遍昭有二子，長子弘延少年得志，步入仕途，人人稱賢。遍昭向次子說：「你既然是僧人之子，索性也出家吧！」說完不問次子是否應允，逕自替他落髮，改法名為「素性」。素性法師日後成為和歌界名人，所作和歌可與乃父媲美。只不過素性法師出家是為父親所迫，難免不時惹動凡心，又是另一篇故事了。

僧正後來在花山建立元慶寺，安享晚年。

佛門內的事，有時真的難以索解。僧人們身披錦繡袈裟、駕乘輻轂車輦，出入大內，朝見天皇，卻將出世拜佛的本意拋諸腦後。人們說「命由天定」，僧正遍昭應該也有過這樣的感慨吧！

44 嘉祥三年：八五〇年。

45 指仁明天皇的皇后、文德天皇的生母藤原順子，世稱「五条后」。

海盜

在下雖身為海盜，
卻也知冤有頭、債有主。
我既與國守大人無冤無仇，
絕不會妄自加害，
請大人放心。

紀朝臣貫之[46]擔任土佐國守五年，任期結束，在當年十二月某日，前往京都述職。土佐國人聞訊，扶老攜幼來到碼頭，與紀貫之依依惜別，就像父母與孩子訣別般哀泣。大家戀戀不捨，都說：「從古至今，未曾見過如此賢明的父母官啊！」即使紀貫之已經登船而去，仍有不少百姓帶著佳餚美酒趕來送行，更有人在岸上懇求紀貫之作歌相贈。

這艘船逆風前進，航行甚為吃力，比平時慢了許多。紀貫之無意間在船上聽到海盜正尾隨追趕的消息，心緒難寧，便每日早晚兩次向海中拋灑幣帛，祈求海神保佑一路平安。船長安慰他，等到了和泉國便安全了。船上諸人聽罷，紛紛在甲板上跪倒，面朝大海祈願，希望儘快到達和泉國。紀貫之夫婦的幼子在土佐夭折，心中哀痛，更是無心觀賞沿途的海岸風光，只想著早點到達京都。

過了數日，船長宣佈，已經抵達和泉國。船上眾人都鬆了一口氣，歡呼雀躍，精神為之一振。

突然，一葉小舟從海面上如箭般破浪而來，到了離紀貫之搭乘的大船船頭只有一小段距離時，船篷下站出一個漢子，語氣粗豪，高聲喊道：「在下特來拜會前土佐國守大人。」大船上的人問：「來者所為何事？」漢子道：「自國守乘船離岸以來，在下便一路追隨，只因風急浪惡，小舟難以靠近大船，所以直到此刻方才追上大人。」大船上眾人聽了，無不驚慌失措：「不好啦，這人肯定是海盜！」

紀貫之聞聲從船艙裡走出來，問：「閣下找我有何貴幹？」

「有些私事想要請教。不過隔舟談話不方便，等我過去再說吧！」說完，那個海盜彷彿生了翅膀般，縱身一躍，輕輕巧巧就跳到了大船上。紀貫之上下打量對方，見他毛髮濃密，腰插一柄寬刃劍，目露凶光，顯得十分狠惡。

面對這樣的情況，紀貫之鎮定如常，淡然問：「閣下長途追逐，究竟意欲何為？」海盜解下腰間佩劍，拋回自己的小舟上，說道：「在下雖身為海盜，卻也知冤有頭、債有主。我既與國守大人無冤無仇，絕不會妄自加害，請大人放心。大人擔任土佐國守五年，在下本想登門造訪，不料因為築紫九國與山陽道國守貪贓枉法，便到那裡盤桓了不少時日，直到最近才有閒暇。其實我等海盜都是性情豪爽之人，大人廉政愛民，名聲頗佳；土佐國又地瘠人貧，沒多少油水，所以也懶得前去叨擾。在下曾想去大人在京都的府邸拜訪，無奈京城地方狹窄，耳目眾多，只好趁今日浮海之便，斗膽請大人不吝賜教。」

說完自己的來意與背景，海盜又說：

「延喜五年[47]，天皇敕命要編選和歌集，聽說大人擔任編撰長官。此和歌集題名為《續萬葉集》[48]，僅就字面來看，自然是因襲前人的《萬葉集》而定名，倒也可以理解。倘若窮究『萬葉集』三字的本意，『萬』字寓意和歌數目眾多，尚且能說得通；但『葉』字，據後漢劉熙《釋名》一書解釋：『人聲曰歌。歌，柯也，所歌之言是其質也。以聲吟詠有上下，如草木之有柯葉也。』也就是說，歌聲依曲調高低變化，如風吹柯葉，使草木有聲。人們將內心的喜怒哀樂，寄託在歌聲中，所以聽者也會產生同樣的喜怒哀樂。

因此歌聲有長短緩急、曲調也有抑揚頓挫之分。可是風動草木枝葉，簌簌有聲，誰聽了都不會牽動情感。所以，在下認為以『柯葉』比擬歌聲，實在無法令人信服。古人受時代限制，當時以『萬葉』為名，可能只參考過《釋名》一書，因此流於草率。同在漢代，許慎的《說文》則解釋：『歌，詠也』，這個解釋是依據《尚書・舜典》中的『詩言志，歌詠言』而來。如果依照許慎的說法，《萬葉集》應當改稱《萬詠集》才有道理。這樣看來，漢字的解釋因人而異，做學問更是百家爭鳴。」

46　紀貫之（八六八？—九四六？），日本大歌人，平安朝初期和歌聖手，中古三十六歌仙之一。著有《土佐日記》《假名序》等，並參與編撰《古今和歌集》。「朝臣」是對他的尊稱。

48 「延喜」是日本第六十代天皇醍醐天皇的年號。延喜五年，即九〇五年。

《續萬葉集》，即《古今和歌集》。

海盜接著說：「國守大人在《續萬葉集》的序中寫：『夫和歌者，托其根於心也，發其華於言之葉也。』這句話，初讀之下，頗感流暢，但細細品味，則有些瑕疵。例如『言』『語』『詞』『辭』這幾個字，一向都讀作『こと』，而序中的『言之葉』，卻是從未見過的用法。難道是大人按照《釋名》對『葉』字的解釋，自行推論的嗎？這樣的做法違背了古語本意，對和歌或者對文章都有害無益。大臣、參議等人，對這件事卻不聞不問，顯然是長期忽視這個問題。」

「大人在序文中又提及：『和歌有六義。』但即使是『《詩經》有六義』這個說法，在唐國都有人認為是虛妄之說。如果講《詩經》有三義三體，倒還勉強說得通。但把和歌體也用數字歸納、分類，真的難免生拉硬扯，不夠合情合理。要知道人的喜、怒、哀、樂，也只是大略分類，難以逐一細數，更何況是表達情感的和歌？浜成在《歌經標式》[49]中分和歌為十體，與大人的『六義』一樣膚淺。國守大人雖然是和歌聖手，但在古語的修為上還嫌不足，所以您進呈給陛下的和歌集，仍然有疏漏之處。」

海盜侃侃而談，話鋒一轉，又說：

「本朝頒布的《大寶令》[50]，乃是仿效唐律而定，其中規定男女若無媒苟合，就像貓、犬相狎，必定穢亂人倫；因此立法禁止。然而大人在編撰和歌集時，滿紙濫情，不加節制的編入大量淫穢之歌。有些鼓吹情侶幽會私奔、有些煽動與有夫之婦偷情、有些同情男女灑淚分別，簡直是敗壞世道人心，故意觸犯國家律令。可是編選者不但沒有問罪，書中的『戀歌部』竟還多達五卷，實在太荒唐了。」

「再說這淫穢之事嘛，在上古神話時代，即使兄妹相戀也只被看作平常，沒有人會認為那樣有罪。後來人皇治世，儒教興起，才有『夫婦有別』、『娶妻不娶同姓女』等說法。本朝承襲唐國儒家的倫理觀，於是大內也分建清涼殿、後涼殿，以令綱常有別。其實，在唐國的上古時期，男女反而只能在同姓親戚間交往，後來國勢日漸強大，為了開疆拓土、繁殖人口，才鼓勵男女與別的姓氏交往。漸漸將『娶妻不娶同姓女』納入律法中。」

「執筆編撰這本歌集的，共有四人[51]，都是善於吟詠之輩。但我縱覽全書，謬誤繁多，這是什麼原因呢？實在是你們都不懂鑽研學問啊！菅公[52]曾為此憂心忡忡，但不幸被貶謫外藩，以致未能參與編撰，才沒人能糾正你們的錯處。此外，為延喜年代歌功頌德，稱頌它為『聖代』，也是你們一派阿諛之言罷了。延喜年間，醍醐天皇不識賢才，罷黜博學忠臣，又如何稱得上『聖代』呢？」

49 藤原浜成（七二四年―七九〇年），奈良時代的貴族、歌人。《歌經標式》是他用漢文所寫的日本第一部和歌理論著作。

50 《大寶令》：又稱《大寶律令》，是日本第一部成文法典。它以中國唐朝的《永徽律》為藍本，於七〇一年制定，包括律六卷，令十一卷。在七五七年《養老律令》頒行前，一直是國家基本法。

51 《古今和歌集》的四名編撰者分別是：紀貫之、紀友則、凡河內躬恒、王生忠岑。

52 菅公：即菅原道真（八四五年—九〇三年），日本平安中期公卿、學者。九〇一年因左大臣藤原時平進讒言於天皇，被貶往僻遠之地。

「又說到三善清行[53]，此人雖然盡忠職守，卻苦無出頭之日，最後只位列參議式部卿而已。他曾上奏密折，其中有十二條意見，多有可取之處。可惜他食古不化，難免在密折中有些迂腐愚頑的想法。先看第一條，昔年齊明天皇[54]西征時，經過吉備國一個人煙稠密的村子，天皇問村長：『村裡面有多少村民？』村長答道：『本村人口逐年繁衍，如今已有數萬之眾，若陛下徵召軍役，立刻便能奉上二萬人。』天皇龍心大悅，敕旨將該村命名為『二萬村』。但是，到了延喜年間，物換星移，吉備國守去『二萬村』已經無丁可征。滄海桑田、榮枯聚散，本是人間常事；天下熙熙，皆為利所趨。播遷搬移，就像蜜蜂換巢一樣，三善清行卻為了這種事白白煩惱，真的很愚蠢。」

「學問之事，本由大臣公卿掌管，翰林院學士即使才高八斗也不便過問，這是唐國慣例。文人學士自孩童時起便埋首書齋，孜孜不倦地苦讀，然而他們對於如何領悟文章真諦，其實並不是很懂，多半只知道死記硬背，用於應付考試、爭取升遷。只想靠苦讀死背追求功名，最後清寒一生，挨餓受凍的文人不知凡幾。這是我朝讀書人累積的弊端。」

「最後來說說播磨印南野的漁住碼頭。當年高僧行基曾說，此地離港口太遠，舟船停靠不便，所以才建了這個碼頭。但碼頭建好後，屢遭風暴侵襲，最後被徹底毀壞。這是因為碼頭所處的地理位置並不適合營造建築，強行搭建就違反了自然規律，到頭來有害無益。同理可證，惻隱之心雖然人人都有，卻並非都能有利於世事，朝廷也就放任不理了。」

「在下長篇大論，絕非好為人師，妄自發闡發聖人之言。我這些說法只不過是區區管見，供大人參考。陛下有鹽梅之寄[55]於大人，我這些有欠周詳的見解，請不要說給陛下聽啊。」

「其實我本來是個文士，吟漢詩、作和歌，讀書屬文聊以自娛。哪知竟被小人嫉恨，趁我酒後出言不慎，陷害於我。為了自保，我只好浮舟出海，淪為海盜，靠劫掠客商財貨謀生。每日喝酒吃肉，倒也逍遙自在，說不定還能活到一百歲呢，哈哈！如今我雖然不是歌人，但大人在和歌上如果遇到難解的疑問，不妨提出來與我一起參詳。這也說了大半日，口乾舌燥，拿酒來！」

紀貫之連忙命人抱來酒甕，讓海盜豪飲。海盜酒酣耳熱，大笑道：「木偶[56]大人，今番良晤，甚為盡興，在下就此別過。」說完縱身躍回小舟，擊打船舷高聲唱道：「平平安安，皆大歡喜。」大船上的船夫也喝著拍子，跟著喊：「開船嘍！開船嘍！」

海盜乘著小舟飛一般離去，不過眨眼的工夫，就看不到他的蹤影，海面上只留下一道波痕。

53 三善清行（八四七年—九一八年），平安時代漢學家，號居逸，世稱善相公。他精通經史子集、善作漢文漢詩，是位知識廣博的大學者。

54 齊明天皇（五九四年—六六一年）：即皇極天皇，日本第三十五代、第三十七代天皇，女天皇。第一次在位時間為六四二年至六四五年，第二次在位時間為六五五年至六六一年。

55 鹽梅之寄：比喻可託付重任。

56 紀貫之擔任過木工寮的木工頭，故海盜戲稱他為「木偶」。

紀貫之到達京都不久，收到一封沒有具名的信，上面畫著一個海盜的標誌。打開信細看，卻是一篇《菅公論》。字跡雖然潦草粗獷，卻頗富文采：

懿哉菅公，生而得人望、死而耀神威，自古惟一人矣。曾聞，君子無辜而有不幸，小人有辜而有不幸。如公，則有德而非辜，然亦不幸貶於外藩。其所以不冤者，蓋遇君臣刻賊之天運，而不能致仕以令其終。又罵辱藤菅根，而結其冤；不舉三清公，人以為私。且不納其革命之諫，抑非求之乎。清公之言云：「明季辛酉，運當命革；二月建卯，將動干戈。遭凶沖禍，雖未知誰是，引弩射市，當中薄命。自翰林超升槐位者，吉備公之外，無複與美。伏冀知其止，則足察其榮分。」由是思之，吉公當妖僧立朝之際，持大器而不傾殆、建勃平之勳矣。今也，公以朝之寵遇道之光華，與左相公有鬱，終所貶黜。故雖兼幸、亦不免不幸也。然生而得人望、死而耀神威。有德之餘烈，可見赫赫然于萬世矣哉。[57]

文筆不加修飾，一望可知是海盜手筆。《菅公論》之外，又附信一封：

吾尚有一事，上回拜訪之際即應奉告，然因前番言事頗多，不暇提及，故今附信告之。大人名諱「貫之」，當據「一以貫之」而來，所以「貫之」應讀作「つらぬき」。「之」為助音，本身無意義。把「之」讀作「ゆき」的例子，雖然在《詩經》中頻頻出現，但那是對照文意，加以訓讀[58]的。大人被尊為和歌聖手，卻不諳漢書，遂有誤讀錯解之謬。父親為兒子取名，殫精竭慮；大人卻不曉己名讀音，當真有損清譽。勸大人暫莫作歌，窗下挑燈，把《漢書》熟讀再熟讀才是。另有學者名喚「以貫」，「以貫」二字也讀作「つらぬき」。身為名流，切記切記。

木工頭大人收閱

紀貫之看完附信，默然半晌。後來，他將此事告訴一位博學多聞的朋友，才知道那個海盜名叫屋秋津，雖然頗有文才，但個性桀驁不馴，才遭到流放，一怒之下做了海盜。幸好蒼天庇佑，縱橫江湖多年，卻沒有被官府捉拿定罪。

一夜無眠寫成此話。因為日常生活總是為人所欺，我便撰寫此文也來欺負人一下。文鋒如同刀刃，可以傷人、亦可自傷。只是燈下之筆，傷人傷己都不會見血啊！

57 《菅公論》原文全為漢字，語意通順，故全文照錄，下文為白話譯文。

美好的菅原道真先生啊！活著的時候聲譽卓著，死去了以後威靈顯赫，自古惟有先生一個人而已。我聽說君子若順應天命，便不能貪求好運，且需面對艱險的考驗；小人卻容易坐擁好運，避開不幸。以先生為例，雖然先生道德高尚，並不貪求幸運之神眷顧，卻也不幸受謗，被貶謫到九州抑鬱而終。菅原道真先生之所以如此不幸，是因為遇上了君、臣互相殘害的天運，無法致仕終老。先生又曾當眾折辱藤原菅根，從而結下冤仇；故意忽視三善清行，被認定有私心。先生不肯採納三善清行的建議，在仕途顛峰時急流勇退，應該是因為仍有抱負想要施展吧。三善清行曾勸道真先生說：「今年（醍醐天皇昌泰四年）是辛酉年，正是天命顯現的改革時機；二月份將有戰爭發生，有人會遭逢凶禍。雖然沒辦法知道是誰，但如果在市街上彎弓射箭，應該會射中薄命之人吧。如先生一般受到倚重，乃至登上大位的人，除了吉備真備先生以外，再沒人比得上您了。非常希望先生能體察天命，知所進退，保全您的榮耀。」從這裡推論，吉備真備在妖僧道鏡亂政時，仍能主持大局、維繫朝廷的穩定，建立如周勃、陳平二人般匡扶漢室的功勳。而今道真先生您受朝廷的盛寵、領正道之光華，卻因為和左大臣藤原時平一黨結怨而遭到廢黜。您的人生雖然堪稱順遂，最後卻免不了遭到不幸啊。但是您活著的時候聲譽卓著，死去了以後威靈顯赫；您的高潔美好仍然能威名赫赫、萬古流芳！

58 在日語裡，以日語固有的發音來讀出漢字稱為「訓讀」。「訓」有學習之意。

唐風的日本——讀〈血濺宮闈〉〈天津處女〉和〈海盜〉

胡川安

現在刊行的《春雨物語》總共十篇，每篇確切完成的時間並不清楚，只知大約是在日本的寬政十二年（一八〇〇）到文化五年（一八〇八）間完成的，其中的作品大部分是以歷史上的人物和事件為故事主軸所發展出來的短篇小說集。

〈血濺宮闈〉〈天津處女〉和〈海盜〉三篇的歷史背景從平安時代末期到鎌倉時代初期，〈血濺宮闈〉中以平城天皇即位、退位，到藥子之亂為時代背景；〈天津處女〉以嵯峨、淳和和仁明三朝天皇為故事的核心，在這之間發生「承和之變」；〈海盜〉則以前土佐守貫之從土佐回京都述職途中，遭遇知書達禮的海盜一事為背景。

故事的年代約莫落在八世紀到九世紀，但可以將整體的時代氛圍往前拉到七世紀。唐帝國建立之後，日本從公元六二三年開始派遣唐使，一直到公元八九四年，大批的遣唐使先後前往中國。遣唐使中的留學生和留學僧留在中國較久，吸收很多唐代的文化，回到日本後成為影響日本文化的重要來源。

由於唐和日本密切的往來，日本對於唐代的佛教和儒學都相當嚮往，在日本出現「唐風文化」，主要指從七世紀中期開始的白鳳文化，延續到平安時代前期的「弘仁．貞觀」文化。天皇為了提倡儒學，在「大學」的課程中教授《論語》和《孝經》，也有其他中國的學問，像是天文、陰陽、曆法和醫學等。佛教也在國家的保護下，獲取龐大的勢力和影響力。

八世紀末到九世紀末是平安時代初期，稱為「弘仁・貞觀」文化，「弘仁」是嵯峨天皇（八〇九年至八二三年在位），「貞觀」是清河天皇（八五八年至八七六年在位），此一時期沒有再派遣唐使，但文化上仍深受唐文化的影響，出現了不同的佛教流派；朝廷裡則中國文學、書法和藝術大為興盛。

日本的著名高僧像是最澄和空海都在此一時期留學中國，最澄在天台山學密教，回到日本後創立天台宗；空海也曾入唐學習密教，回日本後創真言宗，密教在日本的皇族和貴族間有很多的信徒，除此之外，他們也相信入山修練，在山林間修建了很多佛寺和佛像。

書法藝術也因此在日本的天皇和僧人間傳播開來。嵯峨天皇、空海和橘逸勢最為有名氣，號稱「三筆」；也因為嵯峨天皇熱愛唐風，宮廷內的禮儀也因此以唐朝為準，在宮廷內吟詠漢詩。

八世紀以後也是日本攝關政治開始的時期，攝關是日本攝政和關白兩個職位的合稱，由貴族藤原氏所開創，嵯峨天皇非常仰賴藤原冬嗣，提拔為左大臣。冬嗣知道要讓權力得以維持，還要和皇族聯姻，便將自己的女兒送進宮中，作了太子仁明天皇的王妃，嵯峨天皇也將自己的女兒嫁給藤原冬嗣的兒子，從此以往，藤原氏長期與皇室聯姻以維持自己的勢力。八二七年，時值文德天皇在位，藤原良房升為太政大臣，此為日本歷史上第一次有皇族以外的貴族擔任此職位的先例。

《春雨物語》開頭的前三篇就以平安時代早期作為背景，拉開日本史上重要議題的討論。日本的延曆十三年（七九四）桓武天皇遷都的同年，太子安殿親王納妃，即為藤原種繼的外孫女，其母是這篇故事的女主角藤原藥子。藥子擔心自己的女兒在宮中過得不好，遭到排擠，便入宮照顧女兒，沒想到被安殿親王看上，在宮中大搞亂倫。適逢此時藤原種繼遭到暗殺，其子仲成在朝廷失勢，但藥子和女兒一起入宮服侍親王，讓仲成有再度掌權的機會。

安殿親王即為五十一代平城天皇，寵幸藥子。然而即位後四年卻病倒了，傳位給嵯峨天皇，自己成為上皇搬到奈良，但體弱多病的上皇漸漸痊癒，藥子在旁說些讒言，希望上皇復位。上皇天天聽藥子和仲成撥弄是非的話，開始和嵯峨天皇產生不合，上皇與天皇的敕令相互抵制，使得朝廷大亂。嵯峨天皇後來決定先下手為快，逮捕仲成，並處以極刑，上皇和藥子打算逃跑未果。上皇後來出家，藥子遭到軟禁後自殺，史稱「藥子之變」。

然而，如果細讀〈血濺宮闈〉可以知道作者上田秋成對於平城天皇抱持著同情心，為天皇開脫，似乎對於事情都不知情，只因為自身不檢點而發願出家。到了〈天津處女〉這篇，說起嵯峨天皇崇尚唐所傳來的佛教與儒學，讓國家海內安平，讓原有的日本文化消失，表面似乎是褒揚，但在細節中帶著諷刺，比如說空海進宮覲見嵯峨上皇，上皇向空海炫耀得到王羲之的真跡，但空海卻說是自己的習作，讓上皇臉面盡失。文章最後提到仁明天皇與僧人遍昭之間的不倫情感，隱藏著對於佛教的批評。〈海盜〉則以一個有文才的海盜，說出日本文化與中國詩歌、律令、禮教等文化交流的問題。

日本在唐代大量學習中國的文化，但當時和後世的人都有不同的意見，有些人全心仰慕華風，有些則排斥，或者是有意識地選擇性接受，〈血濺宮闈〉〈天津處女〉和〈海盜〉可說從不同的層面加以討論文化交流過程中的相關衝突與融合。

6 紀貫之肖像，菊池容所繪。

7、8 空海墨寶《益田池碑銘帖》。

再世之緣

主人見他已徹底復活，
便問他是否記得從前的事。
僧人答道：「我什麼事都記不清了。」

山城國[59]高槻市的樹木，已是落葉紛飛，深山一片冷寂蕭然。一個名叫古曾部的村子就坐落在山中。

古曾部村裡有戶人家，世代居於此地，憑著先祖在山邊廣置田畝的餘蔭，無論年景好壞，都能寬裕度日。男主人不喜交友，只嗜讀書，時常在窗下讀至徹夜不眠。他的母親勸道：「夜半更深，仍挑燈夜讀，極耗精神，容易生病，難道你不記得外祖父的訓誡了嗎？凡事皆應適可而止，否則就要適得其反了。」主人聽了母親的勸誡，點頭稱是。從此一過亥時[60]便安枕就寢，夜夜如此。

有一晚細雨瀝瀝，靜謐清寧，主人讀書入迷，竟忘了母親的教誨，手不釋卷直讀到了丑時[61]。

59 山城國：屬京畿區域，為五畿之一，亦稱山州或城州。相當於現在的京都府南部。

60 亥時：晚上二十一點整到二十三點整。

61 丑時：淩晨一點整到三點整。

此時雨停風止，月出窗邊，皎潔明淨。良夜正好，主人向月輕吟，文思泉湧，忙研墨揮毫，想要即興賦詩一、二首。就在這時，窗外忽然傳來蟲鳴聲，那聲音很像是在擊打古鉦。以往雖然也時不時地聽到這擊鉦聲，今晚卻特別響亮。被這聲音吸引，主人來到院子裡，四下尋覓，終於發現聲響是從庭院角落裡一塊大石頭下所發出的。大石頭被久未割除的雜草遮掩得密密實實，平常難以察覺。

翌日清晨，主人叫來家僕，命他掘開大石。僕人挖地三尺，碰到一塊大石板，再向下挖，竟然發現一口石棺。掀開棺蓋往裡一瞅，內有一物形貌怪異，似人非人，像鮭魚乾一樣枯癟。主人細觀之下，發現就是此物在石棺裡擊鉦鳴響。

家僕將此物抱出石棺，感覺身體頗輕，髮長過膝，也不怎麼髒。那怪物離開石棺後，仍然不停以手擊鉦。主人說道：「這定是佛教高僧在此禪定，祈求來世往生極樂。我家世居此地，已歷十代，想來此物年歲更為久遠；其魂靈已然升天，肉體卻留在地面，不斷以手擊鉦，說明他執念甚深。我想試試看能不能讓他的肉身甦醒。」命僕人將那怪物抬入屋中。

主人小心翼翼的將怪物靠在屋角，給他穿上衣服取暖，然後朝他嘴裡灌送米湯。片刻後，那怪物竟自己吸吮起來。目睹這種怪事，圍觀的婦孺都畏懼不敢近前。但主人並無二話，仍然細心照料，他的母親也在一旁邊餵湯邊誦佛。

五十天後，棺中怪物的身體慢慢暖和起來，母子倆高興的說：「有救了。」更加細心地照料怪物。終於有一天，那怪物睜開了眼睛，不過似乎對周遭的事物看得模模糊糊。無論給他餵粥還是餵飯，他都只能以舌舔食。到後來皮膚漸漸變得溫潤，四肢可以活動，耳朵能聽見聲音，被風吹還會感到寒冷。遞給他被子禦寒，他立即伸手接過，完全與活人無異。

在飲食方面，平常的食物也都可以吃。只不過主人考慮到這怪物原是僧人，便不給他魚吃。那僧人卻直勾勾地盯著魚，一副垂涎欲滴的模樣。主人便把魚遞給他，他吃了個乾乾淨淨，連骨頭都吞下肚去。

主人見他已徹底復活，便問他是否記得從前的事。僧人答道：「我什麼事都記不清了。」主人又問他：「敢問大師法號？您還記得入土下葬時的情形嗎？」僧人答道：「這些也記不得了。」

眼見問不出個結果，主人也無可奈何，便讓這復活的僧人幫忙灑掃院子，做些雜務。僧人倒也勤快，從不偷懶。他虔誠信佛，巴望著能飛升極樂；禪定、擊鉦，算來至少也有百年。而今看這情況，之前所有的苦修都成了鏡花水月，如夢一場。不但過日子如同凡人，還連魚肉都吃了，修行又何來靈驗可言呢？熬得只剩下一把枯骨，怪模怪樣還嚇煞旁人。

屋主的母親由此恍然大悟，思忖：「我往日與這僧人一樣，篤信拜佛。

為了來世的善果，向寺裡佈施了不知多少財物，結果還是渾渾噩噩，終日受惑於狐道。」便和兒子商量，從今往後，除了祭拜祖先以外，絕不踏入佛寺半步。

自此她不再迷信，得空時便與兒媳婦及孫子一起遊山玩水，一家人和和睦睦，對待僕人也十分客氣，不時施捨錢財給窮人，日子過得甚是和美。老母心滿意足，常對人說：「以往信佛時，只知祈求來世的安樂，卻忘記了今生的幸福。如今我只要每天開心度日，就很知足了。」

再說那個從地底被挖出來的僧人，好不容易得到重生的機會，日子卻過得並不順心，時常怒氣沖沖地瞪著雙眼，朝人發火。嘴裡還嘮嘮叨叨，總像在埋怨著什麼。由於他曾經入定過，所以大家都叫他「定助」。

定助在主人家住了五年，本村一戶貧農的寡婦，招他入贅，做了上門女婿。他雖然不清楚自己的確切年齡，但夫婦間的歡愛卻與常人無異。

除了本村的人之外，就連鄰村的人見到定助這般潦倒，都悄悄議論：「看吧，這就是信佛的下場。說什麼因果報應，定助就是個活生生的例子。」寺廟裡的和尚聽了，怒不可遏，急忙對村人們說，定助的事不能當真。但村裡拜佛的人還是一天天少了。

村長有位老母親，活到八十歲的耄耋之年，得了重病，眼看著就要辭世。她對醫生說：「我活了一大把年紀，臨死才對世事有所覺悟。能享高壽至今，全靠平日的藥物進補；先生日後只要身子骨還行，請一定要常來寒舍盤桓盤桓。我這孩子雖說也六十歲了，可仍然不明世理，幼稚得很。請先生時時教導於他，我才走得安心。」

村長說：「我雖已白髮蒼蒼，卻依然懵懂糊塗，叫母親擔憂，實在於心有愧。請母親大人放心，孩兒一定虔誠念佛誦經，求佛祖保佑家業興旺，保佑您往生極樂淨土。」

老母大怒，啐道：「先生，你聽聽，這孩子還是這麼糊塗，到現在還相信拜佛能往生極樂。其實就算墮入畜生道，當牛做馬也未必就是苦事；做人也不見得有多麼好。人間絕非樂土，人生一世，奔波辛勞，營營苟苟，比牛馬辛苦得多，只有逢年過節方能喘息。而那些周身是債的人，就連年節也過不好，一到年關便唉聲歎氣。唉……我乾脆眼不見為淨，不再囉嗦了。」說完閉目而逝。

那個入定後又甦醒的定助，做挑夫、抬轎子，活得比牛馬還辛苦。每日為了糊口，拼命勞作，苦苦掙扎。村裡的人們紛紛以他做例子，教訓孩子：「你們看，事情多麼荒謬。別指望靠拜佛禱告，就能去極樂世界享福，還是要腳踏實地努力啊！」還有人嘲笑著說：「定助入定後又醒過來，是因為跟他現在的妻子有『再世的緣分』吧，哈哈！」

定助的女人更是逢人就抱怨：「我真是命苦啊，怎麼找了個如此沒用的男人！」她一邊撿拾著麥穗，一邊懷念獨身的日子。「如果先夫復活就好了，我也不用為米麵衣裳發愁了。」

唉，對定助而言，修行又復活究竟是好事、還是壞事呢？世事就是這麼無常難料啊！

獨眼神

獨眼神不斷催促拿酒來，

便有一隻兔子、一頭猿猴抬著大酒罈，

搖搖晃晃地走近，嘴裡嚷著：「太重了，

太重了，我們的肩膀實在乏力啊！」

有句諺語是這麼說的：「吾嬬[63]之人皆鄙陋，不識詠歌難風雅。」相模國小餘綾磯，有個文質彬彬的年輕人，一向崇慕風雅之事，一心想去京都學習和歌。他認為只要能得到名師指點，親聆教誨，就會成為那種瀟灑自在，閒步休憩於櫻花樹下的文人雅士。

某日，年輕人對父母說出自己的心願，並以「黃鶯築巢山谷，其音不改婉轉」這首古歌來表達自己的決心。年輕人的父親勸阻道：「文明、享祿之亂[63]餘波尚在，這世道依舊動盪不安。你此去路途遙遠，音訊難通，怕是不大安全吧。」聽了父親的話，年輕人依舊執意要去。他的母親生長於亂世，心腸頗為剛硬，對兒子出行的願望並不阻攔，只叮囑說：「兒子，你若執意如此，就要速去速回，一路小心。」如此交代完畢，年輕人便在父親的擔憂中踏上旅途。

因為帶著驗關文書，年輕人一路暢行無阻；按腳程計算，來到近江國後，應該隔天就能抵達京都了。他非常高興，悶頭趕路，不知不覺竟錯過了原定要投宿的旅店，闖入老曾森林[64]。

當時天色已晚，想再找其他地方住也來不及了，年輕人只好露宿林間。他四下張望，打算找一塊大樹根當枕頭，漸漸走進密林深處。路上有一棵巨木橫躺在地，已經枯朽中空，看樣子不像是被風刮倒的。年輕人小心翼翼跨過巨木，不由得打了個冷顫。原來巨木前方岔道、淺沼交錯，根本難以找到容人通行的道路。他僵立當場，不知所措；思來想去，唯有硬著頭皮繼續向前。

年輕人跌跌撞撞地走著，衣裳不但被樹枝拉扯，還被泥濘的道路弄得透溼。正愁無處歇息，眼前豁然一亮：有座神社就在前方不遠處。他急忙加快腳步，走到神社前，只見神社屋簷腐朽、臺階坍塌，完全無法登階進入。神社四周蒿草叢生、苔蘚黏溼，只有中間被整理出一小片空地，似乎有誰在此露宿過。年輕人便從背上取下包裹，打算在那塊空地上歇息。他定了定神，四下張望，心裡頗感害怕。

暗夜沉沉，暮靄四合，樹林間朦朧陰翳，只有點點星輝透過樹葉縫隙流瀉到地面。帶著寒意的露珠滴到衣服上，涼氣逼人。年輕人一邊抖開包裹，一邊自言自語：「今夜真冷，希望明天是個大晴天。」說完，正要合衣躺下，林中忽然緩緩走出一人，身形高大，手持長矛，就像猿田彥神[65]一樣。他身後跟著一個修驗者[66]，穿著赭衣，邊走邊搖金剛杖。修驗者身後又有一個侍女，穿著紅色的窄袖便服，便服下擺與白色衣袖摩擦，發出沙沙的聲響；她一手握著檜扇，粉面半掩，很是嬌俏可愛。定睛一看，侍女竟是一隻白狐。白狐後面還跟著一個粗手笨腳的女童，也是一隻狐狸所化。這一行人來到神社前停下，最前頭那個執矛的神官，開始高聲朗誦中臣氏[67]的祀文。夜深寂靜的林間，年輕人只聽到誦讀祀文的聲音陰森迴盪，不由得心驚肉跳。

62 上田秋成晚年左眼失明，本篇名為「獨眼神」，其實是他的自喻之作。

63 日本武尊東征時，來到碓日坂，在這裡想起了為他犧牲的妻子弟橘媛，於是登上碓日坂的山頭向東南方眺望，三次歎息：「吾嬬者耶！」（我的妻子啊！）因此，該山以東各國被稱為「吾嬬國」，泛指日本東部地區。

64 位於近江國（今滋賀縣中部），現今多寫作「老蘇」。

65 猿田彥神：傳說中的天狗大力神，相貌猙獰，鼻子非常大。又傳說猿田彥神曾為天照大神的孫子指路，幫助他下凡接管葦原中國，所以猿田彥神也是指路神或導引神。

66 修驗者：得到神驗之法，在山野進行苦行修練的人。他們主要以修持咒法、證得神驗為生活的本義。

67 中臣氏：日本古代與忌部氏共同掌管中央地區神事和祭祀活動的氏族。

突然間，有人「呼啦」一聲推開神社大門，從殿中走出來。只見他長髮披肩、嘴寬過耳，鼻子被濃密的頭髮、鬍鬚遮住，難以看見。此人一隻眼睛已經瞎了，另一隻眼睛冷冷地閃著寒光；他穿著藤色無紋褲，外罩灰裳，右手拿著羽扇，氣勢洶洶地站在神社門前。

執矛神官恭敬稟報道：「這位修驗者昨日由築紫出發，經山陽道抵達京都。在拜會京中的某位大人後，受他的請託，前來參拜尊神。我們同時帶來油煎鹿肉與出雲松江的鱸魚兩尾，是今天早晨剛由專人送到京都的，趁新鮮立即做成細切生魚片，一同進獻給尊神。」接著，修驗者也稟報道：「京都的那位大人，有要事與尊神商議，才命令在下到此求見。如果不是事情緊急，那麼即使現在世上戰亂頻仍，大人也絕不敢騷擾貴神社的清靜。」

獨眼神說：「近江國周圍都是湖水，山珍海味非常稀少。難得你們送來鹿肉、鱸魚，正好給我下酒。妙極、妙極！」

只見那狐狸女童撿來落葉松枝，塞入陳舊的御湯灶下點燃，燒起熱水。不一會兒便煙騰火起，照得神社附近亮如白晝。那年輕人蜷縮在一旁，見火光照到自己，嚇得慌忙把草笠蓋到身上，假裝熟睡，心中卻暗暗叫苦：「我無意間撞見了這幾個神仙精怪，怕是要性命不保了。」

獨眼神不斷催促拿酒來，便有一隻兔子、一頭猿猴抬著大酒罈，搖搖晃晃地走近，嘴裡嚷著：「太重了，太重了，我們的肩膀實在乏力啊！」

女童將七個大酒杯在獨眼神面前擺開，白狐侍女逐一斟滿酒；女童又把酒杯放進熱水裡溫燙。獨眼神即溫即飲，片刻間已連盡四杯。他拿著第五杯酒，連聲讚美：「好酒，好酒！」轉臉對修驗者說：「你遠來是客，也乾一杯！」又向年輕人呼喚：「喂，躲在松樹底下假裝睡覺的傢伙，你也過來喝一杯吧。」年輕人見自己行蹤已露，不敢違抗獨眼神，只好心驚膽顫地爬起身，接過酒杯，勉為其難將酒飲盡；獨眼神又命侍女端出油煎鹿肉給他吃。

獨眼神說：「我一見到你，就知道你打算去京都學藝。可惜現在為時已晚，如果你早生四五百年，京都還有賢人可稱名師；而今這種亂世，卻多半是欺世盜名之徒。天下爭戰不休，生命朝不保夕，誰還有心思鑽研學問？那些沒落貴族的子弟們，領地被奪，窮困潦倒，為了生計便自吹自擂，宣稱懷有家傳絕藝，迷惑無知世人。暴發戶和武士們附庸風雅，花費無數金銀絹帛登門求教，眼巴巴地期望自己能變成雅士，真是愚蠢至極。」

獨眼神又說：「所謂『藝技』，原來就是紈絝子弟自命風流，閒暇時吟風弄月、吹拉彈唱的玩樂之技，哪裡是什麼家傳絕學？一個人有沒有才學，老天自有安排。父親的才華，兒子未必能擁有。更何況撰文作歌這種事，只可意會不可言傳，是很難學會的。拜師求教，不過是『師傅引進門』而已，最後的成就還是『修行在個人』。若想擁有真才實學，自學才是最佳途徑。你們東國人都是直腸子，淳樸魯直，可以信賴。又何必去拜那些雖聰明卻奸佞的人當老師呢？我勸你回老家去，找一位隱士，請他教你體察萬物玄妙的本事，這才是真正獨一無二的絕技呢！……咳，夜寒露濕，再飲一杯酒如何？」

便在此時，神社後面又走出一個法師，在獨眼神左邊盤腿坐下，笑著說：「酒易破戒更易醒，大醉一場又何妨？」說著將肩頭扛著的一個大袋子放到地上，命白狐侍女獻酒。

白狐侍女連忙斟酒奉上，接著揮動檜扇，翩翩起舞，口中唱道：「美玉無瑕兮，誰賞顏如玉？」嬌聲婉轉、甜美悅耳，聽得年輕人渾身酥麻。

法師笑著對白狐侍女說：「妳也不必暗送秋波了。無論怎麼用扇子遮掩，都遮不住妳背後那條又粗又長的尾巴，誰還會喜歡妳呢？」說完又對年輕人說：「小夥子，聽大神的話，早點回家吧。荒山密林，強人出沒，你竟能平安到此，已經是難得的幸運了。聖人教我們：『父母在，不遠遊。』這話想必你們東國人也知道吧？」法師一邊說，一邊不停地給年輕人倒酒，自己卻似乎很是嫌棄魚肉的腥味，從放在地上的大袋子裡，摸出蘿蔔乾來，大口大口地咀嚼。那狼吞虎嚥的吃相實在令人吃驚。

年輕人畢恭畢敬地說：「在下不過是小餘綾磯的一個無名漁夫，本想明日進京求學，但今夜承蒙二位教誨，茅塞頓開。回到家鄉後，我一定潛心自學，鑽研和歌之道，才不負二位教誨之恩。」

當晚眾人推杯換盞，盡情飲宴。不覺酒過數巡，東方微白。神官醉眼朦朧，舉起長矛，結結巴巴地再次誦讀起祀文，那搖搖晃晃、腳步虛浮的模樣，頗為滑稽。

修驗者起身向眾人告別，他讓年輕人緊緊抓住金剛杖，請獨眼神用扇子朝空中一揙。年輕人登時飛到樹梢，修驗者把他往腋下一夾，帶著他向東國飛去。地上的一猿一兔拍手叫好，法師也笑著說：「沒想到這傢伙還有這種本事。」說著提起地上的大袋子，踩著木屐，搖搖晃晃地離去，那遠去的背影彷彿一幅畫般。

神官與法師都是凡人，但心性不昧，能與妖精往來而不受誘惑，反還得到他們的神通，所以延年益壽。

沒多久，天色大白，妖精們各自回到密林深處。白狐侍女和女童則被神官留在神社。

此後，神官每日練字不輟，在他百歲大壽那日，將那晚發生的事情記錄下來。可惜神官的草書字跡難辨，加上墨蹟洇散，他人無法識讀；那些軼事也只能讓神官自己回味了。

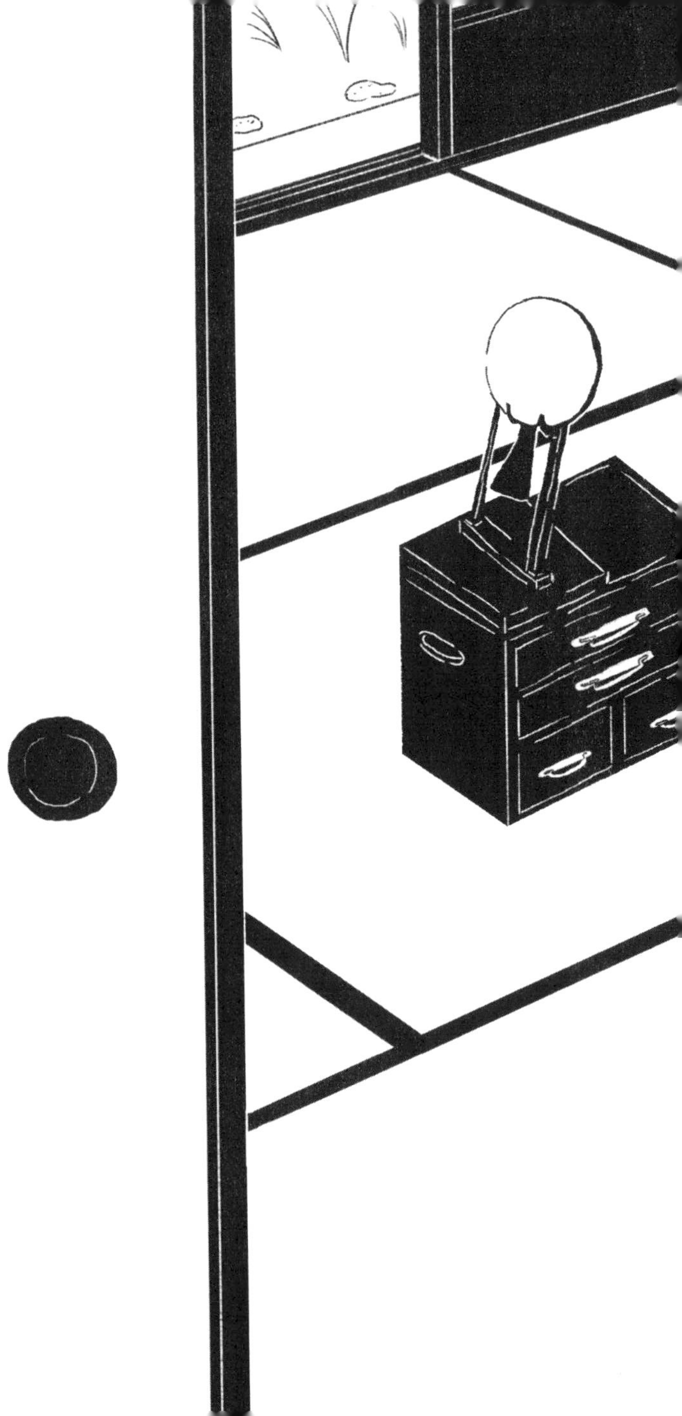

屍首的笑容

「我早已料到會有今日的不幸了。
來世如何，誰也不知道，
唯有把握今生才是。
麻煩元助兄明天早晨將阿宗送來我家，
我要在父母面前與她結為連理。」

攝津國[68]兔原郡的宇奈五丘，有一個小村莊，村民們多以「鯖江」為姓，從事釀酒業。一到秋季豐收時，春米的歌聲洪亮高亢，沿著海岸傳來，就連海神都會被嚇到。

村中釀酒生意最好的是五曾次家，五曾次善於算計，是個典型的商人。但他的獨子五藏卻和父親相反，性情溫和，擅長和歌漢文，還練得一手好書法。更難得的是，他還有武勇剛猛的一面，上馬能開弓，射箭從不落空；堪稱文武雙全。

五藏時常扶危濟困，與他人來往時也禮數周全。村裡人給刻薄貪利的五曾次取了個綽號叫「鬼曾次」；樂善好施的五藏則被贊為「活菩薩」。大家到五曾次家拜訪時，總喜歡去五藏屋裡談話，對五曾次則不理不睬。五曾次面子掛不住，氣衝衝地寫了張字條貼到大門上：「閒人勿擾，茶禮不奉。」一見到客人就火冒三丈，吵嚷著將人轟走。

68 攝津國：屬京畿區域，為五畿之一，又稱攝州。

五曾次有個同族的親戚，名叫元助，家境貧寒，只靠元助耕種幾畝薄田，勉強養活老母和妹妹。元助的母親年過五旬，每日辛勤織布，貼補家用。元助的妹妹名叫阿宗，是村裡的大美人；她白天與母親一同紡紗，料理家務；晚上就讓母親教自己讀古書，努力識字。由於兩家是親戚，五藏經常出入元助家，與阿宗青梅竹馬。阿宗在學習上遇到什麼疑難，便向五藏求教，後來索性拜五藏為師。日子久了，二人互生情愫，訂下白首之約，阿宗的母親與兄長都默許這段關係。

同族有位當醫生的長者，名叫靭負。他認為五藏和阿宗是天作之合，在得到元助和母親的允許後，便來到五曾次的釀酒坊說媒。他對五曾次說：「俗話說黃鶯只在梅樹築巢，否則絕不做窩。您的兒子與阿宗姑娘最是匹配，女方雖然家境窮困了些，但她的兄長志行高潔，兩家若能結為姻親，堪稱美滿姻緣。」

鬼曾次面帶嘲諷，譏笑說：「我家是福神居住的地方，若讓那個貧女嫁過來，福神可不樂意。老頭子，你回去吧，要是再提這種晦氣的事，我就要用掃帚轟你走了。」

長者嚇得逃出五曾次家。從此以後，村裡再也沒有人敢為五藏和阿宗說媒了。

五藏知道父親的強硬態度後，不以為然地說：「嚴父之命不足懼。只要我和阿宗真心相愛，就一定能結成連理。」一如既往地出入阿宗家。五曾次知道後，勃然大怒，厲聲對兒子說：「你這混蛋是被妖精給迷住了嗎？如果你真要娶那貧女，老子就和你脫離父子關係，讓你身無分文的滾蛋。你讀的書裡頭，沒告訴你忤逆不孝是大罪嗎？」

五藏的母親也苦口婆心地勸說：「無論如何，做兒子的總歸要聽父親的話，你以後就別去阿宗家了。」說完以後，五藏的母親開始每晚把兒子叫進自己屋裡讀書，不許他離開，變相軟禁了五藏。

五藏不再去阿宗家後，阿宗日思夜念他，終於抑鬱成疾，病倒在床。兄長元助年輕識淺，以為這病不礙事，只要延醫調治即可。阿宗母親眼見她日漸憔悴，雙頰凹陷、眼圈發黑，知道這是相思病，普通的藥根本沒用，便托人去請五藏前來探望。五藏聞訊，當天傍晚就急匆匆地趕來，他對阿宗說：

「阿宗姑娘真是任性啊！竟然毫不體諒母親的心情，就這麼病倒了。像這樣子胡鬧，來世可是要受到負重挑擔、徹夜搓繩索的處罰哦！我未經父親應允便與姑娘私定終身，難道妳還不明白我的心意嗎？即使違抗父親，我也會信守對愛情的承諾。實在不行，我們還可以私奔去山高水遠的地方。既然姑娘的母親、兄長已經承認我們的結合，那我們就不會遭到報應。」

「我家財產很多，有父親守著，不必擔心家境敗落。日後他收個養子，努力賺錢，慢慢就會淡忘我們的事。希望父親大人能長命百歲，不再責怪我這個不孝子。」

「說到長命百歲，人生一世，能活到百歲實屬難得。即便有幸長壽，其中五十年的光陰要花在睡眠上，再減去生病、工作的時間，最多也只有二十年是屬於自己的。所以，只要能與姑娘廝守一、兩年，哪怕要隱居在深山或海邊，我也心滿意足了。可是阿宗姑娘卻不體察我的心意，弄到臥病不起，讓令堂和元助兄因此責怪於我，我心裡也不好過。阿宗姑娘，請妳不要再有任何擔憂，振作起來吧！」

五藏這番發自肺腑的話，讓阿宗大為寬心，她笑著說：「讓大家為我操心了。其實我也沒什麼大病，只是一時心氣堵塞，卻煩勞五藏大哥憂心，真是罪過啊！我這就起身了。」說完，阿宗整理好秀髮，換上乾淨衣裳，朝母親和兄長微微一笑，取過掃帚開始打掃屋子。

五藏又將一包鮮魚交給阿宗，說：「見到姑娘身子康健，甚感欣慰。這包鯛魚是漁夫在明石浦捕到的，今早剛剛送來，我陪阿宗姑娘吃完這美味再走。」

阿宗嫣然一笑：「怪不得昨晚我做了好夢，原來是鯛魚送達的好運[69]！」說完，阿宗親自下廚將鯛魚料理成佳餚，擺上桌請母親和兄長品嘗。她自己則坐在五藏右邊，殷勤地替他夾菜、勸酒。母親見阿宗對五藏含情脈脈，心裡樂開了花。兄長元助雖面無表情，心中也頗為高興。五藏被阿宗的體貼溫柔感動得幾乎落淚，他酒到杯空，食指大動，連連贊嘆：「好酒！好菜！」又趁著酒意，大著膽子說：「今晚我就住在這裡吧！」阿宗含羞不語，默默應允了五藏的請求。當晚，五藏便在阿宗家歇宿。

次日清晨，五藏起了個大早，趕回家去。他一邊趕路，一邊在口中吟著「多露行露」這首古詩[70]，不一會兒就到了家門口。只見父親五曾次面色鐵青，站在門前，破口大罵：「好個逆子，為了那窮人家的賤貨竟連父母都不要了？真是家門不幸啊，我要去地方官那裡告狀，跟你斷絕父子關係……不許回嘴！」五藏的母親急忙站到父子之間打圓場：「都別急著吵，去我屋裡把昨天的事情說清楚吧。」五曾次橫眉怒目，還想再罵，轉念一想，自己畢竟只有這一個兒子，逼得太緊似乎不好，便轉身進了裡屋。

69 鯛魚又名「加吉魚」，在日本是吉利的象徵。

70 出自《詩經．召南．行露》：「厭浥行露，豈不夙夜？謂行多露。」

屋子裡，五藏的母親老淚縱橫，連勸帶訓，苦苦哀求兒子斷絕跟阿宗的來往。五藏無奈地說：「母親大人，孩兒雖然年輕識淺，卻早已看淡生死、別離，父親不必動輒用趕我出家門來要脅；他的那些錢我也不稀罕。只是為人子者，應該盡力侍奉父母，以報養育之恩。所以兒子在此向你們賠罪，請你們寬恕我吧。」母親聽了，大喜過望，一面安慰兒子：「若真是天賜良緣，你們一定有機會在一起的，不必擔憂。」一面把五藏肯認錯的事跟五曾次說了。五曾次說：「兒子說的那些話，不能全信。最近釀酒坊裡，好幾次有人偷米偷酒。昨晚守夜的老頭子又告病請假，說是肚子痛，至少有好幾天不能上工。這樣吧，讓五藏去釀酒坊裡幫忙守夜，免得他一閑下來就亂跑。」

聽完父親的話，五藏二話不說，連鞋都忘了穿，立刻跑去釀酒坊仔細巡查。回來後，五曾次對他說：「家裡有件淡茶色的衣服，很適合你穿。這是福神的恩賜，你要珍惜。從現在開始，直到明年正月，你就在釀酒坊裡好好做事吧，別老是在家裡白吃白喝。釀酒可是賺錢的好買賣，你可得用心去做！」一提到錢，五曾次就來勁。

「另外，你屋裡的書堆得比人還高，夜裡點燈讀書，十分耗油，這種沒用的事以後少做，福神可不喜歡。趕緊把那些書照原價退回給書商。淨學些老子不知道的東西，有用嗎？我可不想別人把叫我的兒子書呆子啊。」

五藏點頭答應：「沒問題，您怎麼說，我就怎麼辦。」

從此以後，五藏每天穿著淡茶色的衣服，照著父親的意思，努力工作。

五曾次讚賞地說：「這就對了。如此一來，福神也會高興的。」

自從五藏不再來訪後，阿宗的相思病又犯了，這回比上次更厲害，很快就病入膏肓。阿宗的母親和元助傷心不已，暗地托人傳消息給五藏。五藏也極為悲傷，急著想見阿宗一面，便瞞著父母，跟隨報信人來到阿宗家。他向元助說：「我早已料到會有今日的不幸。來世如何，誰也不知道，唯有把握今生才是。麻煩元助兄明天早晨將阿宗送來我家，我要在父母面前與她結為連理。無論是廝守百年，還是只聚首一宵，都算夫妻一場。即使來日無多，也比讓阿宗帶著遺憾離開人世好！有勞元助兄了。」元助答應道：「五藏兄儘管放心，我一定幫你把這件事辦妥。」

阿宗的母親也強顏歡笑著說：「阿宗期盼的就是這一天呢，這下好了，明天就能如願了。」說完便張羅著沏茶熱酒。五藏接過酒杯，遞給阿宗，兩人喝了三三見九[71]交杯酒，元助在一旁唱歌助興。

到了五更，五藏說：「再不回去，怕要被關在門外了。」說完急忙告辭回家。阿宗則與母親兄長對月暢飲，直至天明。

隔天清晨，阿宗的母親取出自己從前的白色綢衣，幫阿宗打扮起來。她一邊為女兒梳頭，一邊說：「想當年娘出嫁時，那種喜悅的心情，到現在還記得清清楚楚。妳今天也要出嫁了，到了婆家，凡事多順著那個脾氣不好的公公，這樣婆婆一定會對妳很滿意的。」就這樣千叮嚀萬囑咐，直到快上轎時還在提醒女兒。元助身穿華麗的裃[72]，腰掛長刀短刃，笑著說：「妹妹第五天就回娘家了，母親大人不必多言。」話雖如此，母親還是絮絮叨叨說個沒完。阿宗勸她：「娘，等我回門後再說吧。」上了轎子，元助跟在轎後，護送妹妹前往五藏家。母親燃起門火[73]，高高興興地送女兒出門。

抬轎的兩個轎夫有點納悶，私下討論：「嘿，我們還是頭一回見這麼寒酸的出嫁閨女，本來還想討點喜錢，再好好吃頓雜煮，這下看來沒希望了。」等轎子到了五曾次家門口，連一點炊煙都沒看到，絲毫不像準備迎接新娘入門的樣子。

五曾次的家人們都不知道迎親的事，聚在門口議論紛紛：「這是哪家的姑娘啊？這麼一副病怏怏的模樣？」

元助向五曾次施了一禮，說：「轎中的人是我妹妹阿宗，也是五藏少爺的戀人。只因她久病在床，五藏少爺讓我送她過來，趁今天這個良辰吉日，把他倆的婚禮給辦了。」

五曾次聽了，怒氣上湧，像厲鬼般咧嘴大罵：「你這臭小子在胡說什麼？五藏和你妹妹的事，我早就痛罵過他了，他也答應不再和你妹妹交往。怎麼又把這個狐狸精送到我家？快給我滾，不然我讓人拿棍子趕你！」

元助為之氣結，怒極反笑：「請讓五藏出來說話！他早就打算娶阿宗了，卻因父母不同意，一再拖延，這才導致阿宗患上重病。昨天他要我送阿宗過門成親，現在怎麼不算數了？也罷，我妹妹已經跟五藏喝了交杯酒，就算死，也是你們家的人了，理應葬在你家的祖墳。不過我早就聽說你為人吝嗇，所以不敢勞你破費，自己帶了三枚金小判[74]。這就給你！我妹妹死後，希望你能准許她入葬！」

五曾次青筋凸起，暴怒道：「黃金本是福神的恩賜，你卻如此玷污它，我絕不要你的金小判。這女人病成這樣，都不知還能活多久，真是晦氣，快點抬走！」說完，扭頭朝屋裡喊：「五藏呢？快點出來！到底要怎麼處置這女人？反正我是絕對不會認她做兒媳婦的，你如果硬要娶她，我就連你這個不孝子一起掃地出門，告到地方官那裡去！」

71 在日本舉行婚禮，新郎新娘喝交杯酒時，各用三隻一組、大小不同的酒杯，每一杯啜三小口，三三得九共是九口。

72 裃，音讀「Kamishimo」，是日本特用漢字，指的是江戶時代武士的正式禮服。其質地主要是亞麻布，由上身肩衣下身袴組合而成，式樣精緻美觀，且上下身同色，故名「裃」。

73 門火，又稱「門燎」。指婚喪嫁娶、盂蘭盆會時，在門口燒火的風俗。

74 金小判：日本戰國時代至德川幕府末期使用的一種橢圓形金幣，一兩重的叫「小判」，十兩重的叫「大判」。

五藏從屋裡出來，大聲說：「父親，您想怎麼樣就怎麼樣吧。這女子已是我的妻子，若要趕她走，我就和她一塊兒走。我早就想這麼做了！」說著打開轎門，打算牽著阿宗的手離家出走。哪知阿宗被這麼一鬧，本就孱弱的身子更加承受不住，已然奄奄一息。元助含淚說：「阿宗看來是不行了，哪怕走一步都會倒地不起。既然她已是你的妻子，生是你的人，死是你的鬼，理應死在你家裡！」

說完，元助在眾人驚呼中拔出佩刀，寒光一閃，將妹妹阿宗的頭顱砍了下來。五藏咬著牙，拾起頭顱，裹入袖中，沒流下一滴眼淚，昂首離家而去。

這等慘況讓圍觀眾人大為驚駭，五曾次更是大吃一驚，吼道：「孽子！你要帶著這女人的頭顱去哪裡？不准把它埋在我們家的祖墳！還有元助，你身為兄長，竟殺死自己的親妹妹，我要去報官！快來人去通知村長！」

村長聽到報案，震驚的說：「元助一定是瘋了！這件事他母親想必還不知道吧？」趕緊跑到相距不遠的元助家，告訴元助的母親：「不得了，不得了，出大事啦！元助變成了瘋子，竟然把阿宗給殺了。」元助的母親聽完，卻好像早就料到會有這種慘事發生，神情自若地停下手邊織布的工作，說：「這種結局果然還是發生了，沒什麼奇怪的。有勞村長來報信了。」

村長見元助母親如此鎮定，十分駭異，心想那五曾次綽號「鬼曾次」，沒想到這老嫗也是個魔頭。急忙離開元助家，向地方官報案；地方官下令將一干人等全部押來審問。

初審時，官員對此案極為震怒，斥責說：「你們做出如此殘酷的事，實在令人髮指。元助斬殺親妹妹乃是重罪，判處囚禁之刑；始作俑者的五藏也該問罪才是。」命人將元助、五藏二人關入監獄。

十天之後，地方官深入瞭解了案情，又補充判決：「五曾次雖然表面上無罪，但這椿慘案是因為他嫌貧愛富而起。所以判決五曾次禁閉家中，不准外出，等候正式發落。而元助雖然殺死親妹妹，但事先已得到母親應允，況且阿宗的確垂垂將死，所以元助罪行較輕，判他暫時在家中禁閉，等候正式發落。」然而，最讓地方官傷腦筋的，還是五藏的言行不知該如何定罪。於是五藏仍被關在獄中。

五十天後，此案由國守做出最後裁斷，終審判決是：五曾次和五藏父子必須承擔此案大部分過失，不得繼續在本地居住，立即逐出鄉境。元助與母親，犯了擾亂治安罪，判令遷移到村西頭的荒地獨居。

全案至此終結。五曾次辛苦攢下的家產，連同福神神像，悉數被沒收充公。五曾次氣急敗壞，對著五藏哭號：「都是你這個逆子害的，萬貫家財全沒了！邊罵邊將兒子推倒在地，拳打腳踢。五藏打不還手，罵不還口，只說：「你要打便打個痛快吧！」五曾次惡向膽邊生，怒道：「今日便打死你這個孽子！」下手毫不留情，把五藏打得頭破血流。村民們見了，紛紛打抱不平，硬是從五曾次手下救出五藏。五藏卻說：「我已生無可戀，死了也罷！」又坐到五曾次跟前，閉目不語。

五曾次長歎一聲，說：「這件事情就算家門不幸，被窮神纏上了身，才傾家蕩產；錢沒了還能再賺回來，我要去大阪做生意，只是我們的父子情分就此斷絕，你自生自滅去吧！」說完揮了揮手，轉身離村而去。

後來，五藏剃度出家，在深山的寺院苦修，終成一代高僧。

元助帶著母親去了播磨國投靠親戚，他一生荷鋤務農，母親依然辛勤織布，就像千千姬神[75]一樣。五曾次的妻子則回到娘家，不久也出家為尼了。

據說，阿宗姑娘在頭顱在被砍下之前，以及落地之後，都面帶笑容，堪稱悲壯！村裡聽說過這件事的人們無不為之嘖嘖稱奇，掩面歎息呢！

75 千千姬神：日本神話中的織物神。

舍石丸

小田提著寶劍贊道：

「我兒子真是武藏坊弁慶轉世，

好大的力氣，

不愧是西塔第一法師！」

古歌有云：「陸奥深山中，風景如畫花爭豔。」

有位姓小田的老人，住在陸奥山麓下的小村中；他家有恆產，是首屈一指的富人。小田在許久以前就將全部家業交給兒子小傳次打理，他自己每天帶著酒四處冶遊，逍遙度日。小田另有一個叫阿豐的女兒，在丈夫死後，得到公婆應允，出家為尼，法名「豐苑比丘尼」。她刻苦清修，虔誠奉佛，後來因為娘家沒有女子照應，就回到小田家主持家務。她對家裡的僕人們親切有禮，贏得大家的尊敬。

村裡有個名喚舍石丸的漢子，身長六尺，虎背熊腰；平日裡大口飲酒、大口吃肉，頗有豪傑之風。這位舍石丸與小田老人十分投緣，二人時常結伴去郊外飲酒閒談。有一次，小田帶著幾分醉意，對舍石丸說：「你往常豪飲，常醉得不省人事，在荒山野嶺就地睡倒，這才得了個綽號叫『舍石丸』。倘若哪天一個不留神，醉到醒不過來，恐怕就要變成熊、狼等野獸的盤中飧了。我有一柄寬刃劍，是五世先祖為了練臂力所製，他常隨身攜帶此劍，在深山中狩獵。某日，先祖在野外撞見一頭巨熊，那熊氣勢洶洶猛撲上去，先祖拔出寬刃劍，刺入巨熊腹部，順勢砍下了熊頭。所以，這柄劍被稱作『熊切丸』。你把它帶在身邊，若是醉酒遇險，也好做防身之用。」說完便將寬刃劍送給了舍石丸。

舍石丸笑著說：「要屠熊捕狼的話，俺赤手空拳完全可以應付得來，用不上這劍。不過若是遇上惡鬼，正好對敵，叫它『鬼去丸』如何？」說著將劍懸在左腰下。小田舉杯道：「痛快，痛快。快斟酒來！」隨侍的女童笑著說：「這都喝了三升酒啦！」

舍石丸搖搖晃晃地站起來說：「今天喝得盡興，俺去散散步、吹吹風。」

小田見他醉醺醺的，心道：「他孤身一人，胡走亂闖，一定會把我送的寶劍弄丟。我陪他同去，比較安心。」於是他緊跟著舍石丸；而小傳次擔心年邁的父親，也起身跟在後頭。

舍石丸走到河邊，酒意上湧，「撲通」一聲倒在岸邊，沉沉睡去。他兩隻腳浸在河水裡，寶劍從腰間甩了出來，飛到一旁。

小田在後頭見了，心道：「果然如此！」走上前去推了推舍石丸，舍石丸酩酊大醉，對小田毫不理睬。小田伸手去撿寶劍，哪知舍石丸卻突然睜開雙眼，怒道：「這劍既已送給了俺，怎麼又要收回？」大醉之中也不管什麼長幼尊卑，劈手便來奪劍。小田年邁，力氣怎麼比得上舍石丸？登時仰天摔倒，手裡卻還緊抓著寶劍。舍石丸順勢壓到小田身上，小傳次遠遠望見，急忙跑上前，要幫父親推開舍石丸，卻力不從心，反被舍石丸擒住右手，喝道：「小傳次少爺，你也想搶劍？」說完手上用力，將小傳次也壓倒在地；一時之間，三人扭打成一團。

舍石丸雖然醉酒，終究還有一絲清明，被風一吹，有點清醒過來。見自己打的是小田父子，吃了一驚，手上勁力鬆懈；小傳次趁機將他推開，扶著父親飛奔逃跑。

小田提著寶劍贊道：「我兒子真是武藏坊弁慶[76]轉世，好大的力氣，不愧是西塔第一法師！」

此時，舍石丸哼著「急赴衣川喲！」[77]的淨琉璃調，在後頭緊追不捨。他身高腿長，不一會兒便追上父子二人，正要伸手奪劍，不巧劍身從劍鞘脫落，劃傷了自己的手腕，鮮血飛濺，連小田臉上也沾到了。小傳次忙亂中回頭，驚見父親滿臉是血，誤會是舍石丸刺傷了父親，死命將舍石丸攔腰抱住。舍石丸回身一掌，打中小傳次臉頰，頓時也讓小傳次臉上沾滿血跡。

76 武藏坊弁慶（？—一一八九年）：鎌倉戰神源義經最忠實的部下，平安時代末期最強的僧兵。幼年時曾被寄養在比睿山西塔。

77 源義經功高震主，受其兄源賴朝逼害，逃往奧州，弁慶一路護送。最後源義經在衣川館被圍，弁慶捨命護主，力戰不屈，身中萬箭傲立而死。此即日本史上著名的「弁慶立往生」。

因為小田把兒子比成弁慶，所以舍石丸哼唱這個典故，調侃小田父子趕去衣川送死。

小田以為兒子被舍石丸打傷，揮舞劍鞘來打舍石丸。舍石丸奪劍在手，橫劍招架，劍刃上的鮮血甩到小田的衣服上，斑斑點點，甚是嚇人。就在這時，小田家的兩個僕人趕到河邊，見到主人滿頭滿臉，連衣服都沾染了鮮血，驚慌地大叫：「舍石丸殺人哪，舍石丸殺人哪！」邊喊邊一前一後撲了上去。舍石丸把劍一扔，將小田父子推倒在地，騰出手來，把兩個僕人夾在左右腋下，大聲喝叱：「閉嘴，俺可沒殺人！」兩個僕人眼見主人倒在地上，越發拚命大喊：「不得了，老爺被舍石丸殺死了。」

舍石丸百忙中朝小田一瞥，只見老人果然直挺挺地躺著不動，心裡慌了，將兩個僕人隨手推進河裡，拔腿就跑。

過了半晌，小田酒也醒了，晃晃悠悠地爬起身，提著寶劍，在小傳次的攙扶下，回到家中。

家僕見他們渾身是血，嚇了一跳，忙問：「怎麼回事？」小傳次制止眾人，將父親扶入內室休息。阿豐急著問：「為何身上這麼多血？你們受傷了？」小傳次答道：「這是舍石丸誤傷自己濺到我們身上的，不要緊。」阿豐懸著的心這才放下，暗自慶倖父親與弟弟平安無事。

舍石丸逃跑以後，弄不清真相，一心以為自己真的殺了小田，便連夜逃往外地，不敢回村；可憐那兩個被他扔進河裡的僕人，因為不諳水性，白白送了性命。村裡人聽說小田家出了事，以訛傳訛道：「舍石丸為了搶小田家的寶劍，把小田老先生殺死了。」

小傳次急忙出屋澄清：「我父親安然無恙，身上沾的血是舍石丸誤傷自己流出來的，你們不可胡言。」眾人聽了，亂哄哄的說：「既然小田老先生安然無恙，那就快去打撈兩個家僕的屍體呀！」說完，又七手八腳，一起朝河邊奔去。

次日一早，阿豐與小傳次姐弟倆去小田老人屋中問安，發現父親沒有回應，慌忙趨前查看。只見小田雙目圓睜、嘴巴微開、軀體冰涼，明顯死去多時。姐弟倆面面相覷，又驚慌又傷心：「怎麼會如此？」急忙請大夫到家裡查看。大夫診斷之後，說：「令尊這是猝死，藥石罔效，救不回來了。」

阿豐和小傳次突然喪父，哀痛不已；家中其他人知曉此事，紛紛落下淚來。有家僕吵嚷道：「主人一定是昨天就被舍石丸所害，少爺心地仁慈，才假稱是猝死，替舍石丸遮掩。殺父之仇不共戴天，就算仁慈，也該有個限度啊！」

案子報到國守那兒，國守派地方官去小田家勘查。那地方官早就覬覦小田家的財富，得到這種良機，便想狠狠搜刮一筆。他命令仵作檢驗過屍體後，不顧事實真相，判決道：「查小田老先生衣裳與身上的血漬，雖然是外力噴濺而來，死因卻是被毆身亡。小傳次當場目擊父親被歹人毆斃，不但沒有追捕兇犯，反而飾詞為其遮掩，實乃大逆不道！」

判決結果一宣佈，診斷小田老人猝死的大夫聽了，抗議道：「大人，小田老先生身上並沒有任何傷痕啊！」地方官勃然大怒，瞪眼喝叱：「大膽！你一定是收了小傳次的賄賂，幫著他說謊！」命人將大夫捆起，押了下去。小傳次則被押解去見國守。

在國守處，小傳次將此案的實情詳細向國守敘述了一遍。哪知天下烏鴉一般黑，那國守也想侵吞小田家的財產；不顧實情下令把大夫關入獄中，又判道：「小傳次一家，世居本土已數百年。雖無官職，仍蒙恩准佩刀攜劍、騎馬乘輿，也可視為武士家族。如今小傳次眼見父親被害，竟知情不報，按罪應該監押服刑。本官暫且放你回去，給你期限緝拿兇犯。屆時若不能拿來兇犯首級回報，你的家產、田地將全部充公，你也會被驅逐出境！」說完就命令小傳次退下。

小傳次愁眉苦臉地回到家，向姐姐阿豐說：「小弟雖然身體健康，沒得過什麼大病，但平日裡舞文弄墨慣了，別看我時常佩刀在身，其實就是個門面，哪裡會什麼刀劍技擊的武藝？舍石丸蠻力驚人，若是撞上了他，我根本不是他的對手啊。」阿豐聽完，也沒了主意，心煩意亂，只是哭泣。過了半晌，突然想起一件事，說：「我公公是日高見神社的社司[78]，嫻熟弓矢、精通劍術，曾幫助朝廷平定過常陸的騷亂。你可以去他那裡拜師習武。公公宅心仁厚，必定會悉心教導。」說完修書一封，讓小傳次帶著，日夜兼程趕往日高見神社。

社司春永讀完了媳婦的信，對小傳次說：「沒想到親家公竟遭此變故，真是不幸。你力氣雖小，但克敵制勝不在力強，而在武藝的種種變化。你就留在我這裡吧，保證兩年內教會你一身藝業，一舉打敗敵人。」

就這樣，小傳次在日高見神社跟隨春永練武。他勤學苦練，進展神速，僅僅過了一年，就武藝大成。春永在他離開前叮囑道：「對決時雖然可以請人助拳，卻絕非男子漢所為。你應該憑自身武藝，斬下敵人首級，屆時再回鄉不遲。」小傳次點頭應允。這時的他身負絕藝，已不再是文弱書生；於是信心滿滿地大步向江戶進發。

再說舍石丸，以為自己犯了人命案子，晝夜奔逃，一路逃到了江戶。可是他身無一技之長，只好去當苦力謀生，後來得到機會，成了一名相撲力士。湊巧的是，某國的國守十分熱衷相撲，並且嗜好飲酒。舍石丸力氣既大，又是海量，遂得到國守賞識，被召到國守府做了近侍。某日國守問起舍石丸家鄉何處，舍石丸毫無隱瞞，將以前的事和盤托出。國守道：「沒想到你竟是個殺人兇犯。那少爺雖然文弱，但既是富戶，必定會出重金追捕，你不可大意。正好我今年已參謁完幕府將軍，要回領國去[79]，就帶你一起走吧。有我庇護，你就不用擔心被抓到了。」舍石丸便跟隨國守，向西而去。

小傳次趕到江戶後，在城中四處打聽舍石丸的下落，耗費了兩三年的光陰，才得知舍石丸跟隨某國國守庇護，早已去了西國；小傳次便又急忙趕往西國。

78 社司，又稱「宮司」，神社中神職最高的事務總負責人。

79 江戶幕府為了控制各地的大名，制訂「參勤交替制度」，規定各藩大名必須輪流到江戶居住一年，然後回領國居住一年，如此反復。每年的四月為交替期。

庇護舍石丸的那個國守，心地很好，為人寬容，對舍石丸照應有加。但舍石丸酒量極大，日日豪飲，終於酒精中毒，得了疔瘡，之後竟然半身癱瘓。他後悔莫及，向國守道：「俺身負重罪，常懷愧疚於心。想那小傳次一介書生，不是俺的對手，此刻恐怕已與他姐姐一樣，穿上僧袍成為佛門弟子了；所以俺並不擔心他來報仇。如果要俺先發制人，俺如今下半身癱瘓，也不可能走四百多哩路去找他啊。」他頓了頓，續道：「聽說本國的交通要道被一座大山擋住，想要通行，必須繞過巨岩，多走八哩路，甚為不便。曾有高僧發下大願，要將深一哩的巨岩鑿通，讓往來路人無論寒暑，都能免於辛苦奔波。可惜目前只鑿通三十三丈，便停滯不前。俺想在有生之年，繼續鑿通此岩，一來報答主公對我的恩德，二來讓國人行路方便。俺雖然雙足不良於行，但一身大力尚在，一定要圓此功德。」

從此以後，舍石丸就掄起大鐵槌砸石開路。那鐵槌平常要二十個人才能掄得動，舍石丸卻輕鬆自如，每天能掘進十步之多。國守深受感動，張貼告示，請求民眾支持舍石丸。告示貼出，有八個人志願承擔了清理石屑的工作。

一年後，巨岩開鑿已接近尾聲，小傳次也從江戶尋到此地。舍石丸對小傳次說：「俺到底有沒有殺令尊，你心裡最清楚。如今人人都說俺是兇手，俺百口莫辯，也懶得多說。公子若要俺的腦袋，便拿去吧！」小傳次說：「奉上官之命，本來要取你首級回去。但見你鑿岩開路，造福百姓，也算是為我父親積了冥福，索性我也來助你一臂之力吧！至於家道興衰，全憑運數，有始必有終、有生必有滅，由它去！姐姐已是佛門中人，虔心修行，一定會體諒我的。等巨岩鑿通之後，我就回家與姐姐一起拜佛靜修。」

從此以後，小傳次便留了下來，和當地人一起清理碎石。舍石丸十分欣慰，說：「少爺竟能不計前嫌，相助於俺，實在值得欽佩；能夠得到少爺的諒解與幫助，真是神佛有靈啊！」

某日，舍石丸笑著說：「少爺本來是要找俺報仇的，可是瞧你這副弱不禁風的模樣，俺現在縱然半身不遂，你也絕對打不過俺。」小傳次一言不發，飛起一腳，竟將身邊一塊巨石像蹴鞠般輕易踢起。那塊巨石之大，即使二十個人也未必抬得動，舍石丸驚得目瞪口呆，疑惑道：「你的力氣何時變得這麼大？」小傳次又彎弓搭箭，「颼颼」兩響，兩隻大雁應聲落地。他回頭凝視舍石丸，說：「你所依靠的，不過是蠻力驚人。可是力氣再大，總有限度。而我學的卻是變化多端的武藝，即使你並未癱瘓，站起身來，也不是我的對手，反而會像孩子般被我制伏。」

舍石丸驚歎不已，拜倒在地，慚愧道：「今日才知天外有天。回想往日俺狂妄自大，實是愚不可及。」心悅誠服，拜小傳次為師。

有了小傳次的幫助，開鑿巨岩的進度大大加快。

光陰似箭，新年過後，深達一哩的巨岩終於被鑿通。隧道中路徑平坦，由於開了石窗，光線也十分充足。以往要繞道八哩的路上，連一家茶水攤都沒有。酷暑時，行人飽受日曬、寒冬時冷風撲面，嘗盡行路的艱苦。如今隧道暢通，寬敞明亮，就算騎馬、持矛也無妨。太初之時，大穴牟遲神與少名毗古那神[80]雖然建立國土有成，卻也比不上舍石丸開山之功。國守大喜，派出特使前往陸奧國國守處，替小傳次說情，終於將小田老人的命案了結。小傳次謝過國守，自行返回家鄉。

不久後，舍石丸病逝，國中百姓感恩戴德，尊稱他為「舍石明神」，距隧道入口處立祠堂祭拜；從此香火不絕，綿延至今。

小傳次回到陸奧，國守赦免了他的罪責、替他洗刷冤屈。後來，小傳次家道日漸興隆，姐姐阿豐歡喜欣慰，不在話下。

日高見神社本來已日漸殘敗，小傳次感念在神社學武的恩澤，佈施重金修葺一新。畫棟飛甍、宏偉壯觀，莊嚴神聖，名聞遐邇；善男信女們晝夜不斷的前來參拜許願。因為神明靈驗，香火鼎盛，社中收到的布施金銀不計其數，神社所供奉的神明便成了東國數一數二的大神。

80　大國主神本名大穴牟遲，他在少名毗古那神的幫助下，建立了出雲國。

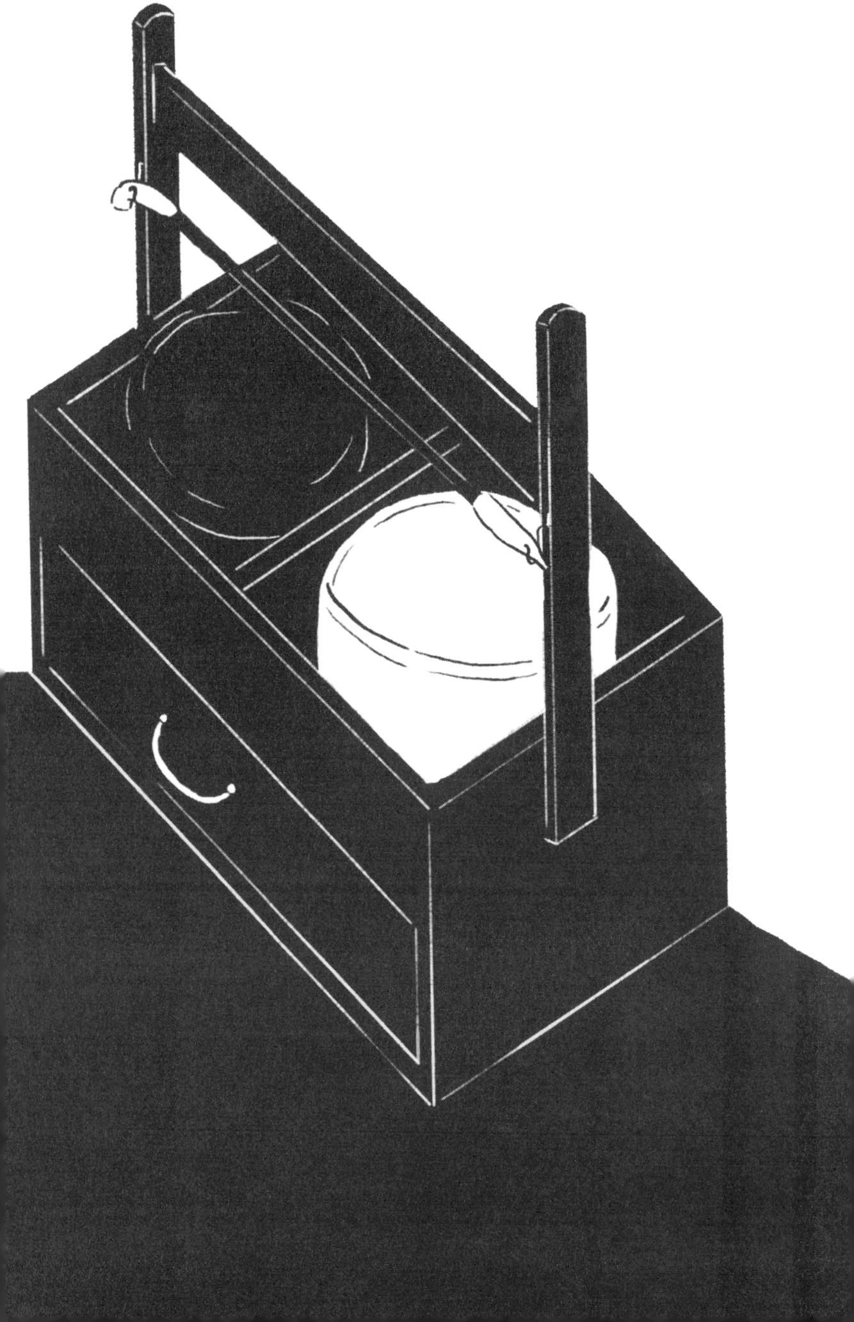

宮木之塚

原本十太兵衛讓宮木帶了一把舞扇，
預備讓她起舞助興，
但此刻人人爭睹宮木芳容，
宮木也不敢在這麼多人前面起舞，
只默默陪著十太兵衛飲酒。

位在本州的河邊郡神崎津，自古以來流傳著不少傳奇物語。到難波津或是山崎津裝卸貨物的船隻，若遇上狂風巨浪，都會停泊在神崎津暫避。這裡古稱「豬名港」，北邊就是現在的河邊郡。豬名川下游一帶，本名叫「豬名郡」；但因為天皇敕命：「各國、各郡、各村的名字，都必須是帶有吉祥含義的雙字。」所以各地紛紛對原來的地名增刪修改，大部分名稱改得似模似樣，但仍有少數地方的名字改過後還是差強人意。

作為港口碼頭，一到船隻泊岸的日子，就免不了有水手、商人到岸上尋歡；他們出入妓院、酒家，買笑作樂。其中一個老鴇手下有位名妓叫宮木，不但花容月貌、端麗無雙，更難得的是蘭心蕙質、多才多藝，許多商賈傾慕宮木的豔名，都想一親芳澤。但宮木心高氣傲，不願與凡夫俗子應酬，滿心盼望能遇到一個如意郎君為自己贖身。

昆陽野有個叫河守十太兵衛的富家子，當時二十四歲，英偉俊岸，血氣剛勇，在當地無人能敵。他頗有文采，常作歌吟詩，與京都的博學人士唱和。某次，十太兵衛邂逅了宮木，立即被宮木的絕色容姿吸引；宮木也對十太兵衛一見鍾情，便以身相許。二人如膠似漆，捨不得分離，十太兵衛便打算為宮木贖身。宮木喜道：「從今以後，妾身只侍奉郎君一人。」十太兵衛找來老鴇，提出要以黃金幫宮木贖身，老鴇應承道：「宮木能有個好歸宿，我也替她高興。以後就不安排她另外接客了。」

宮木在流落風塵以前，其實也是好人家出身。她的父親在京中任職，官至中納言。後來因為直言敢諫，觸怒天皇，被罷官貶為庶人。因為宮木的奶娘是神崎津人，一家人便輾轉流落到神崎津。宮木的父親養尊處優慣了，完全不懂如何謀生，把身邊僅有的一點積蓄全部用完後，在貧病交加中死去。

宮木的母親出身自貴族藤原氏，原也是大家閨秀。無奈丈夫窮途潦倒，她也跟著流落異鄉。娘家聽說她生活困頓，托人帶話：「就算嫁雞隨雞，也該替孩子考慮。稚子無辜，何苦讓她跟著受罪？再說咱們家是名門望族，丟不起這個臉，妳趕快帶著孩子回來吧！」這話本是出自關心，誰知宮木的母親個性好強，聽了傷心不已，竟毅然與娘家斷絕了關係。為了安葬死去的夫君，她變賣自己陪嫁的衣裳，才勉強辦完喪事。

宮木的奶娘守寡多年，家裡沒什麼親戚，只能靠做些針線活苦熬，尚且自顧不暇，又如何照顧得了宮木母女？坐吃山空，日子一天比一天難過。宮木的母親抱著年幼的女兒，愁眉不展，終日哭泣。奶娘勸她：「再這樣喝西北風，大家都免不了餓死。您有什麼打算嗎？我聽說本地有位夫人，願意以十枚金小判收養小姐。這夫人家中頗為富裕，不僅家僕成群，更認識不少京裡的達官貴人。小姐到了她家，一定有好日子過。長大後再嫁個如意郎君，您也就有了依靠。」

宮木母親信以為真，對奶娘道：「若宮木能託付給好人家，就是不幸中的大幸了！妳快去跟那位夫人好好商量一下吧！」她哪裡曉得，奶娘口中所謂的「夫人」其實是個老鴇。奶娘要把宮木往火坑裡送，做母親的卻一心以為自己的女兒能像當年某個遊女[81]被宇多天皇[82]看中那樣，從此過上好日子。

奶娘見宮木母親應允了，得意地自言自語：「這蠢女人倒也好騙。」接著連忙跑到老鴇那裡邀功：「多虧我這張嘴，好說歹說，終於哄得宮木母親答應把女兒送來；妳趕緊把定錢給我。」老鴇馬上給了奶娘十枚金小判。

81 遊女：豔裝彈唱的女伎。
82 宇多天皇（八六七年—九三一年），日本第五十九代天皇。

奶娘將金小判交給宮木母親，擔心宮木母親想送女兒去「夫人」處會戳穿真相，便哄騙她說：「您瞧，這黃澄澄的金幣就是那位夫人給的。今晚我就送小姐過去，您不必跟來了，免得母女分別，哭哭啼啼，大家鬧心。」

宮木母親哀傷道：「那就有勞奶娘了。孩子年紀還小，一向與我相依為命，如今母女分離，真是捨不得啊！」小宮木頗為懂事，安慰母親：「一切聽憑母親大人安排，女兒絕無怨言。做女兒的長大後，終究是要嫁出家門的，母親大人不要悲傷了。」宮木母親長歎一聲，淚濕衣襟，拉過小宮木，一邊愛憐地輕撫她，一邊幫她梳好頭髮。奶娘忙不迭地催促：「快些快些。錢都給了，別讓人家等急了。」宮木母親無奈，鬆開手道：「去吧！」說著又哭了起來。奶娘趕忙拉著小宮木，往妓院去了。

宮木年幼無知，見妓院十分熱鬧，高興地說：「這地方真好玩。」老鴇夫婦直誇她聰明漂亮，給她不少糖果吃，還為她換了一套嶄新的衣裳。宮木連聲道謝，對老鴇大生好感。她轉身向奶娘說：「明天請母親大人也來玩。」奶娘敷衍了她兩句，自行回到家中，哄騙宮木的母親：「小姐在新家吃得好穿得好，您就不必操心了。」接著，奶娘又厚顏無恥地要求宮木母親把女兒賣身的錢分給她：「老爺往日在我這兒賒了不少賬，一直沒還，您就把金小判給我兩枚，當還錢也好，當讓我抽成也好，也不枉我出力奔忙。」這種仲介人逢十抽二的規矩，是周朝傳下來的，奶娘按這個規矩索要報酬，絲毫不覺得自己賣主求榮有什麼不對；可見貪利忘義，古今皆同。

宮木母親把錢給了奶娘，說：「如果方便，明日我想去那夫人家中看看，拜託她好好照顧宮木。」奶娘推託道：「去瞧瞧當然是好，可那位夫人是體面人家，您現在連件像樣的衣服都沒有，不好去人家家裡拜訪。還是等到過年，您換上新衣裳再去吧！」宮木母親覺得奶娘說得有理，便放棄探望女兒的念頭。此後，每當她想看女兒時，奶娘總能找到藉口推託過去。年復一年，歲月流逝，宮木母親日夜思念女兒，終於積憂成疾，與世長辭。

轉眼間，宮木已屆及笄，老鴇便要求她正式接客。宮木在妓院待了多年，早已明白裡頭的「生意」是什麼勾當；她雖然哀怨自己和物語中說的風塵女子一樣淪落娼館，但既是母親的安排，也唯有認命罷了。所以，當老鴇傳授她歌舞技藝時，她心中雖然不快，卻仍然認真學習。久而久之，歌舞琴瑟、禮儀詩書，無一不精。客人們都驚歎：「如此風雅標緻的美人兒，在這種地方已經很久沒見到了。」

自從宮木結識了風流倜儻的河守十太兵衛，便一心一意只愛著十太兵衛，不願意再與其他客人應酬。十太兵衛滿心歡喜，想幫宮木贖身；老鴇也答應不再讓宮木接客，並且告訴其他客人，宮木已名花有主，以後不必再糾纏她了。

陽春三月，十太兵衛心想：「眼下春光明媚，山景曼妙，正是觀賞櫻花的好時節。就帶著宮木一同去欣賞這美景吧。」挑了個風和日麗的日子，與宮木一起到兔原郡生田森林冶遊賞花。

林中櫻花盛開，似緋雲、似錦緞，甚是壯觀。平時，遊人們都會在櫻花樹下鋪上墊子，一面宴飲一面賞花；可是這天宮木一現，大家發覺這位佳人比盛開的櫻花還要嬌豔，便爭先恐後，貪看她的美色，根本無暇看花。原本十太兵衛讓宮木帶了一把舞扇，預備讓她起舞助興，但此刻人人爭睹宮木芳容，宮木也不敢在這麼多人面前起舞，只默默陪著十太兵衛飲酒。人群中不時發出驚羨的評論：「這位佳人太美麗了，她的丈夫真是幸福啊！」十太兵衛聽了，更加得意。

賞花人之中，有位昆陽野驛站的驛長，名叫惣太夫。他見了宮木的絕色，目眩神迷，連酒都顧不上喝，只顧著和同來的大夫、法師對宮木品頭論足。突然，惣太夫一拍腦袋，道：「險些誤了大事！」急忙飛奔到碼頭，命令和田崎的船夫火速開船，飛奔回家。

一回到家，惣太夫立即命人去河守家傳話：「朝廷派欽差來本地視察，今晚安排欽差大人在河守家歇息，速令十太兵衛來驛站商議款待事宜。」

命令傳到河守家，可把老管家急得團團轉，只好向惣太夫央求：「我家主人此刻春遊在外，眼看是來不及趕回家了。能否請驛長大人通融一下，安排欽差大人到別家歇宿？」

惣太夫斥道：「混帳！本地最富有、宅邸最整潔清雅的，就是你們河守家；我早已向欽差大人稟告，推薦你們家擔任接待工作。現在大人轉眼就到，怎麼來得及更換負責接待的人？」

老管家哀求：「主人尚未回家，老朽無論如何也不敢自作主張，替主人答應這麼重要的任務啊。請恕小的無法接待欽差大人！」

惣太夫勃然大怒，罵道：「你這不識好歹的老傢伙，竟敢蔑視欽差大人，豈有此理！若不是我母親病重，早就自己承擔這份榮耀，接待欽差了。你現在立刻回去準備，欽差大人馬上就到。」

老管家無奈，只得趕回家中，但家裡連個商量的人也沒有。他躊躇無計，唯有對天禱告：「求大慈大悲大自在觀世音菩薩保佑，讓主人插上翅膀，快點飛回來吧！」

過了幾個時辰，又有人來傳話：「欽差大人來到本地，發現無人迎接，已連夜轉往住吉驛歇宿了。驛長大人準備了大量松明，供欽差大人在路上照明。如今欽差大人非常憤怒，傳令要追問十太兵衛不敬之罪！如若十太兵衛尚未歸家，先行封禁家宅，責令他速往驛長處認罪。」說完將兩塊竹板在大門上交叉釘死，就這樣查封了河守家。

不知道家中發生變故的十太兵衛直到亥時才盡興而返。一見家門被兩塊大竹板封死，大吃一驚，連忙問從邊門出來的老管家：「發生什麼事了？」

老管家把事情細述一遍，勸道：「富不與官鬥。主人還是快去驛長那兒告個罪吧！」十太兵衛無可奈何，只好到驛長家中賠不是。驛長冷笑道：「你好大的膽子，朝廷欽差來到本地，指定你做迎接之人，你卻不理不睬，自顧自遊春賞櫻。這大不敬之罪，豈是說幾句好話就能遮掩的？現在判你居家禁閉五十天，不得離開半步。」

十太兵衛深感冤枉，但也無能為力，長歎道：「果然是櫻花雖美，難耐風侵。罷了！」就這樣禁閉在家中。

隔天早晨，驛長又差人到河守家說：「欽差大人由明石驛飛檄傳信：『昨日本擬在貴地歇宿，不料因無人迎接，迫不得已轉往住吉驛。深夜趕路，導致馬腿跛折，只好換乘船隻前往築紫。朝廷往例，欽差行程不得經由海路，以免橫生不測。本欽差擔心延誤公事，天皇降罪，唯有明知故犯。若航程中遭遇不測，後果嚴重，這都是你們的罪過。跛足的駿馬價值五百貫，現在就由你們負起賠償責任。』驛長大人收到信，命我來轉告你，一切都因為你的怠慢而起，這五百貫錢就由你來賠償。另外，送錢去京都欽差府邸，還需要三十貫盤纏，合計五百三十貫錢，速速拿來！」

十太兵衛無奈，取了錢出來。差人又說：「你好好在家待著，五十天期滿，欽差大人在築紫的公事想來也辦完了。屆時你再到京都，向他賠罪吧。」說完就抬著五百三十貫錢揚長而去。

惣太夫將十太兵衛禁閉家中後，便與大夫理內一起來到神崎津，尋找宮木所在的妓院，對老鴇說：「讓宮木小姐出來侍酒。」老鴇說：「宮木與十太兵衛已有婚約，不便再接外客，恕難從命。」
　惣太夫嫉妒不已，氣得滿臉通紅。他一邊喝酒，一邊故意大聲說：「十太兵衛那傢伙，犯了大罪，已經被關押在牢裡，過不了多久就要問斬了。年紀輕輕的，真是可惜！」
　宮木聽了惣太夫的話，信以為真，憂心如焚；便發願齋戒十日，求神佛保佑十太兵衛平安，可是十日過後，依然沒有好消息。老鴇勸道：「那惣太夫酒後胡言亂語，當不得真。我聽人說，欽差大人只不過要十太兵衛賠償五百貫的馬錢而已，算不上什麼大罪。妳要好好保重，養好身子，等著來日和十太兵衛相聚啊。」
　宮木聽進老鴇的勸告，心情放寬幾分，勉強振作起來；依舊日日抄經誦佛、供花焚香，祈求觀世音菩薩大發慈悲，救拔苦難。

再說十太兵衛被禁閉在家中，感染了風寒。聽聞有位名叫當馬的醫師醫術高明，便讓家僕將當馬請來。當馬替十太兵衛把脈後，直呼：「僥倖，僥倖！若我來遲一步，閣下這條命就保不住了。」說著開好藥方，讓僕人拿去配藥。河守家一個女人也沒有，男僕粗枝大葉，照顧十太兵衛不免有失周到。

無巧不成書。當馬最近這段時日，也正給惣太夫的母親治病，閒聊中將十太兵衛的病情告訴了惣太夫。惣太夫計上心頭，附耳對當馬說：「我把從十太兵衛那裡拿到的五百貫錢，勻出一部分給你，你在十太兵衛的藥裡做點手腳，如何？」當馬大驚失色，連連擺手：「人命關天，萬萬不可啊。」惣太夫勃然變色，威脅當馬：「你真的不照我的吩咐做？如果你膽敢違抗我，日後就別想行醫了！」當馬聞言，只好無奈地說：「其實十太兵衛患的是膈症[83]，活不了多久。也罷，我就在他的藥裡多加些附子[84]，讓他死得快點吧。」

就這樣，十太兵衛服了當馬開的藥，果然一命歸西。惣太夫歡天喜地，找了個理由，賞給當馬一百貫錢。

宮木聽說十太兵衛病死，痛不欲生，發瘋似地嚷著要與十太兵衛相伴於九泉之下。老鴇勸她：「人死不能復生。既然神佛也無法保佑他，這就是命。而今唯有好好供奉十太兵衛的靈位，以求來世與他再結良緣吧。」

數日後，惣太夫又來到妓院，嬉皮笑臉向宮木求歡。宮木抵死不從，惣太夫便叫來老鴇，將剩餘的四百貫錢全給了她，說：「我用這四百貫包宮木一個月，總夠了吧？」重利總是能打動人心，老鴇見錢眼開，連忙說：「夠了，夠了。若大爺肯多加些錢，宮木就永遠是你的了。」扭頭向宮木說：「現在十太兵衛已死，妳那婚約本來就算不得數。既然沒了依靠，難道妳想一輩子待在妓院？惣太夫大人好歹有個一官半職，妳不如就從了他吧！」

宮木沒想到老鴇會這麼說，一時無語。老鴇見她不為所動，生氣道：「妳母親既已將妳賣給了我，一切就都要聽我安排。妳從小無依無靠，也不想想是誰把妳養大？俗話說，生母不及養母親。妳若不聽我勸，便是忤逆不孝，一則對不起死去的生母；二來辜負了我的養育之恩。妳還是聽我勸告，嫁給惣太夫大人吧！」惣太夫也在旁邊低聲下氣地討好：「十太兵衛死時還沒正式娶妳過門，你們算不上是夫妻。我迄今未娶，妳過門後便是正室。我一定好好待妳，與妳白頭到老。」宮木禁不住兩人軟硬兼施，只好答應嫁給惣太夫。

宮木答應嫁給惣太夫之後某一天，曾與惣太夫一起賞櫻的大夫理內喝醉了酒，向宮木說：「生田的櫻花雖然盛開，花開花落終究匆匆。短命的十太兵衛哪及得上松柏常青的惣太夫呢？夫人運氣真好，搭上了一艘好船啊。」

宮木聽完，疑心大起，暗忖理內怎麼會知道自己曾在生田與十太兵衛一起賞櫻的事？其中怕是有蹊蹺。這個人向來與惣太夫沆瀣一氣，惣太夫為人奸猾，言行卑劣，十太兵衛說不定就是被他害死的。可憐未婚夫死得冤枉，自己一介女流，卻無法為他伸冤報仇。

宮木思來想去，深感惣太夫難以託付終身，假裝患上心口疼痛的毛病，托詞不見惣太夫。

當時有個高僧法然上人[85]，常勸人虔誠信佛，說道：「時常持誦六字佛號，即可往生極樂淨土。」法然上人的信徒很多，無論達官顯貴抑或平民百姓，不分老幼，每天跟著他念誦「南無阿彌陀佛」。在後鳥羽院的上局[86]，有兩位名叫鈴蟲與松蟲的美女，深受上人影響，朝夕誦佛不倦。後來終於看破紅塵，逃出後宮，削髮為尼，結庵修行。此事令後鳥羽院大為震怒，便想將法然上人問罪。正巧比睿山的僧人們與法然上人結怨，就上表朝廷，指稱上人乃是佛敵。上皇用了這個藉口，下令將法然上人流放到土佐國。

這天，押解法然上人的船隻停靠在神崎津。宮木聽說法然上人要在此換船遠行，向老鴇懇求，說想去碼頭拜會上人，為十太兵衛祈求來世的福氣。老鴇體諒宮木心情，認為這個要求還算合理，便讓一個年長的婆婆與一個女童與宮木一起乘小舟前往。

小舟將要靠岸時，卻見法然上人乘坐的大船正慢慢離岸，宮木連忙請小舟飛速上前。總算及時登上大船，宮木在上人面前淚如雨下：「小女子卑賤之軀，彷徨無措，還望大師指點迷津。」法然上人憐憫地說：「妳早已下定決心為他捨命，何必來問我？」說完立在船頭，高聲誦了十次佛號。宮木雙手合十，跟隨上人念佛已畢，一縱身躍入波濤中。法然上人朗聲說：「成佛之道，篤信莫疑。」說完回身步入船艙，大船順著海潮駛出港口。

婆婆和女童嚇得魂飛魄散，急忙奔回妓院報訊。老鴇夫婦連木屐都顧不上穿，赤腳跑到碼頭，卻遍尋不著宮木的屍首。等到退潮後，終於有船夫來說，橋柱上掛著一具女屍。老鴇連忙讓船夫將屍首撈上岸一看，不是宮木又是誰呢？後來，當地人就把「念佛橋」，當成神崎橋的別名了。

老鴇將宮木殮葬在野外一個小山丘上。經過數百年，宮木的墳塚都還在，墓碑上刻著她的事蹟。

三十年前，我曾在神崎川南岸的加島結庵修學，歷時三年。聽鄉人說起這個古老的故事，便努力尋找宮木之塚，皇天不負苦心人，一番努力以後，我終於找到了。那墓碑只有扇面大小，四周荒涼淒清。佇立墓前，忍不住悲從中來，合掌拜祭，並作和歌一首：

人世如飛絮，浮生飄零苦。
莫論富與貴，俱受奔逐愁。

名種綻名花，無奈雙親亡。
世間萬般業，哪得己做主。
春蕾含苞放，卻遭冰霜毀。
夜夜相伴者，豬名一船夫。
頭枕波濤眠，此身如玉藻[87]。
玉兮質高潔，女德堪比玉。
紅顏罹碧水，黑髮葬荒原。
身去魂猶在，長隨明月輝。
淺吟知悲事，寒露濕碑石。
神崎川浪湧，幽咽道孤清。

我這首和歌訴盡三十年前的見聞，哀婉動人。只是往事如煙，終究消散不復再現了。

83 膈症：食道癌。

84 附子是毛莨科植物烏頭的子根，含有毒性成分烏頭鹼。

85 法然上人（一一三三年—一二一二年），日本淨土宗開山祖師，著有《選擇本願念佛集》。淨土宗認為只要天天口頌「南無阿彌陀佛」，即可減輕罪孽，脫離苦海。

86 上局：古日本天皇嬪妃的住處。

87 玉藻：古代王冠垂掛的玉飾。玉者溫潤和婉，藻者華美堅強。

沒有結果的愛情——讀〈屍首的笑容〉和〈宮木之塚〉

胡川安

明和四年（一七六七）十二月在山城國的愛宕郡一乘寺村發生了一件駭人聽聞的事件，哥哥將妹妹頭顱砍下來，引起社會一陣騷動。主因是當地的百姓（農民）渡邊源太的妹妹和同族的渡邊右內相戀，想要互結連理，透過媒人說親事時，右內的父親團次郎不答應。後來源太進帶著妹妹到團次郎的家裡，砍下妹妹的頭，當時引起社會很大的討論。歌舞伎、淨琉璃等表演形式都將這個事件改編成戲劇，〈屍首的笑容〉也是在這個事件的基礎上加以發揮。

秋成在事件發生的四十年後前往事發的地點，找到了當初事件的主角源太，並且寫下了《男子漢物語》，以源太為敘事的主軸，他的妹妹因為右內的背叛，了無生意。源太的母親知道女兒死意甚堅，但因為女兒已經與右內私通，為了怕死後墮入「畜生道」，既已成為右內的人，死了也只能成為他家的鬼，所以源太選擇在右內家砍下妹妹的頭顱。

相較於〈男子漢物語〉中以源太為主角，〈屍首的笑容〉則是在相同的故事架構中，填補了不同的血肉，其中的主角五藏是〈男子漢物語〉中的右內，他不像源太那樣武勇，而且不惜一切的保護妹妹的貞潔。五藏溫柔且有點懦弱，他愛著阿宗，但又不能違抗自己的父親，在孝道與愛情間掙扎。

比起男人在孝道與愛情間掙扎，秋成筆下的女性則堅持至死不渝的愛，《春雨物語》中的〈宮木之塚〉也可以看到堅貞的愛。河邊郡神崎津是個繁忙的港口，商人經常往來，有不少的商店和旅店，也有為男性客人服務的妓院。河崎津有個名妓宮木，氣質出眾，花容月貌，不與一般普通的客人應酬，希望有如意郎君能為她贖身。

宮木終於遇見河守十太兵衛，不僅富有，還懂文理，了解詩文，能跟宮木相互唱和，兩人也一見鍾情，約定好要幫宮木贖身。宮木本來出身好人家，卻不幸墮入風塵，幸好遇見好郎君十太兵衛。然而，宮木的美色被驛站的驛長看中，想要染指，所以陷害十太兵衛，從中作梗，害死十太兵衛，只想要一親宮木的芳澤。然而宮木只願與十太兵衛相好，不願就範，後來以死明志。

回到江戶時代的背景，當時興盛的商業背景，以町人為中心發展出「町人」文化，「遊女」的興起也是江戶時代很重要的文化。宮木因為家道中落被賣到妓院，她們不是我們常聽到的藝妓，而是「遊女」。她們賣身，但也了解傳統的詩詞、茶道或是漢詩等技藝。江戶時代有些遊女的才藝不會比藝妓遜色；很多的遊女家庭狀況本來不錯，有可能出身官職的人家，但到江戶時代，因為不擅理財，無法適應新式的經濟型態和文化，只好將自己的女兒賣到「遊廓」中。江戶時代最大的「遊廓」是大阪的新町、京都島原和江戶的吉原，後來甚至擴張到全國二十多處，由於江戶時代平民階層較為富裕，較多的人可以到「遊廓」消費。

在江戶時代之前的鎌倉時代，政府已經設立了「遊女別當」的職位來管理遊女，當時的社會已經出現了為數不少的遊女，同時也有相關的文學作品產生，像是《閑居友》和《選集抄》中都可以看到遊女遭人拋棄，或是在社會當中被鄙視的情節，最後選擇絕塵棄世，或是出家，或是了結自己，〈宮木之塚〉這篇小說也可以看到相關的文學傳統。

除此之外，還有一些知名的女性歌人被描寫成遊女，像是小野小町以及和泉式部；但她們也被當作神佛的化身，可以引渡眾生。兩位平安時代的遊女同時救濟眾生，與那個時代的佛教救濟思想與罪業觀有很大的關係。上田秋成小說中關於女性的書寫，也受到傳統日本文學的影響，但加入了新的元素，宮木遇到上人之後，上人說了：「成佛之道，篤信莫疑。」讓宮木得以離苦得樂，成全自己。

我們可以從〈屍首的笑容〉和〈宮木之塚〉這兩篇小說中看到江戶時代對於愛情的禁錮，〈屍首的笑容〉中男主角五藏深愛阿宗，但是因為家長的反對——當時的社會不容許抵抗家長的權威，子女如果違反家規，家長可以懲罰孩子——五藏後來只能順從父親的意思，盡了孝道，傳承家業，但同時也讓阿宗傷透心。

很多文學都有相似的主題，愛情與自己原生家庭間無法協調，最後不是玉石俱焚就是回到家庭。〈宮木之塚〉反應的則是另外一種愛情的困境：賣身成為遊女的宮木，身體已經不屬於自己；一旦無法完成自己的愛情，她便只能縱身一躍，拋棄自己的身體，成全愛情。

沒有結果的愛情

吉原高名三幅對：《吉原高名三幅對》是歌川國貞的作品，主題是當時吉原如小稻樓等著名妓館的花魁。安政六年由金鱗堂出版。

潤色三十六花撰

潤色三十六花撰

潤色三十六花撰

潤色三十六花撰
翠松風弾琴
白櫻飛舞曲

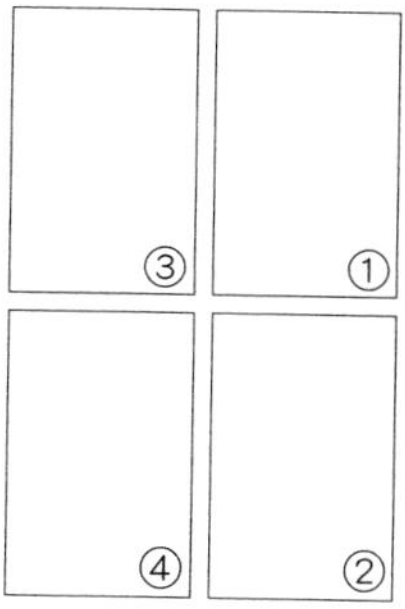

① 吉原八幡樓盛紫
② 新吉原八幡樓甲子久
③ 新吉原八幡樓靜江
④ 新吉原品川樓盛紫

這幾幅浮世繪都是豐原國周的作品，收錄在《潤色三十六花撰》當中，主題都是當時吉原或新吉原的花魁或太夫。明治十四年由武川清吉出版。

和歌之魂

創作和歌的道理很清楚：
生活安逸的人，
歌中就展現悅樂之情；
生活艱苦的人，
歌中就充滿悲吟之聲。

山部赤人[88]有這麼一首和歌的傳世之作：

和歌山之浦，海浪洶湧；潮汐驚起水鳥鳴，棲於蘆蕩中。

這首歌與柿本人麿[89]的作品一起被譽為和歌經典：

東方天曙明石浦，舟隱島蔭霧朦朧，吾眺孤舟心萬緒。

當時是聖武天皇[90]治世，藤原廣嗣在九州舉兵叛亂，有傳聞說京都暗藏有叛軍內應。為了確保安全，天皇決定巡幸伊賀、伊勢、志摩、尾張、三河、美濃諸國。御駕來到三重郡阿虞浦時，留下了一首和歌：

松原見佳人，潮汐漲復落，鶴鷲去又回。

而這次巡幸戒備森嚴，近衛府親兵層層護衛，隨行之人中有不少文臣。其中有個叫高市黑人[91]的歌人，也在尾張愛知的海邊，詠了一首和歌：

櫻田觀飛流，潮汐漲復落，鶴鷲去又回。

這首歌與天皇作品驚人的相似。開篇那首山部赤人的作品，也有類似的情況。但山部赤人和高市黑人同在天皇殿下為臣，自然不可能剽竊天皇作品。事實上，赤人的歌，確實是他在天皇巡幸紀伊時，自己創作的。黑人的作品也是原創。

歌人感悟生命、發於情志之中；歌詠萬物、斟酌言詞之美。如果眼前所見的情景相似，那麼創作出來的和歌便難免雷同；這是歌人因情趣相近而引發，不足為奇，也不必過度責備。

面對山川草木、長天碧海，古人觸景生情，只恨平常的言語難以述懷，這才各發歌謠，詠其心聲。這種狀況在《萬葉集》中常見，例如這首歌：

難波灘頭潮漲落，鶴鳴飛渡淡路島。

仔細體會歌中意境，不也與前面幾首十分類似嗎？

創作和歌的道理很清楚：生活安逸的人，歌中就展現悅樂之情；生活艱苦的人，歌中就充滿悲吟之聲。

古人以歌言志，抒發情感，沒有相互剽竊的必要。山海花鳥、世間萬物，透過一首首發自內心的和歌，直接呈現在世人面前；歌人歌其所見、詠其所思，坦蕩、率真、質樸，這些特點正是和歌的靈魂所在呢。

88 山部赤人，奈良前期的宮廷歌人，三十六歌仙之一，生卒年無考。其歌長於敘景寫實，歌風纖細優美、清澄淨朗，在《萬葉集》中佔有重要地位。

89 柿本人麿（約六六二年—約七〇六年），《萬葉集》代表歌人。其歌風雄渾莊重、匠心獨運，開一代之風氣。他和山部赤人同被奉為「歌聖」，對後世歌人具有重要影響。

90 聖武天皇（七〇一年—七五六年），日本第四十五代天皇。在位期間，極力採納唐代文物制度，信仰佛教，曾兩次派遣唐使去唐國學習。

91 高市黑人，生卒年不詳，日本奈良時代歌人，被認為是敘景歌之祖。

賽錢

樊噲

凶徒大藏，身高五尺七寸，
體格壯健，相貌兇狠……

很久以前，伯耆國[92]大智大權現御山上，住著一個恐怖的惡神。他晝伏夜出，經常出來害人。為了躲避惡神，每天申時[93]一過，山寺的僧侶們要麼下山走避，要麼就將僧房門戶緊閉，徹夜念誦佛號。

山腳下有個小村莊，村子裡有家小酒館，每到黃昏前後，附近的潑皮、無賴就會湊到酒館裡，喝酒賭博。

一日天降大雨，在山野間幹活的人們早早停了工作，正午時分便聚集在小酒館裡，飲酒划拳、擲骰子嬉戲。其中有個莽漢，平日仗著自己力大無窮，總愛逞強爭勝。有人對他頗為不滿，想讓他當眾丟臉，便故意激他：「你不是總說自己力氣大，膽子更大嗎？今夜，你敢不敢獨自上山待上一晚，如果真的遇上惡神，就弄個證據下山，證明自己的確是條好漢？若你不敢，就只不過是個愛吹牛的廢物罷了。」眾目睽睽之下，莽漢哪肯服輸？哼了一聲說：「這有什麼難的？俺這就上山，拿證據給你們看！」猛一仰頭將手裡的酒灌入肚中，又胡亂吃了些東西，披上簑衣，戴上斗笠，冒著大雨就上山去。在場眾人中，有比較老成持重的，眼見如此便暗暗搖頭，自言自語道：「真是一介匹夫。只知道逞血氣之勇，一定會被山上那惡神撕成碎片。」他如此嘀咕著，卻也不起身攔阻。

那個莽漢名叫大藏，身高腿長，腳程極快，太陽尚未下山，已趕到佛殿附近。他繞著佛殿巡視了一圈，不見有何異樣。過沒多久，紅日西斜，山林間刮起陣陣大風，松樹、柏樹、杉樹和檜樹都被吹得呼呼作響。此時暮靄四合，天色漸暗，山野間寂靜無人。大藏心想：「哪有什麼惡神？多半是山上的和尚們編造出來唬人的。」

雨慢慢停了，大藏脫下簑衣，摘掉斗笠，點火抽了一會兒旱煙。這時天已經黑透，大藏便打算到山頂的神社看看。林中遍地落葉，他大步向山頂攀去。約莫走了十八町遠，大藏看看差不多了，便想在周圍找件東西，作為自己上山過的證明。他四下一看，發現不遠處有個香火箱，走上前去背起箱子，轉身就想下山。

此時異變突起，大藏背上的香火箱突然劇烈擺動起來，彷彿生出手腳一般，猛地把大藏提起來，帶著他朝空中直飛上去。大藏驚慌失措，連聲叫喚：「救命啊，救命啊，饒了小人這一回吧！」卻哪裡有人理睬？這箱子越飛越快，片刻之後，大藏腳下傳來「嘩啦啦」的海浪聲，原來已經飛到了海邊。

他心裡更加害怕，死命抓住香火箱，生怕掉進海裡，成了冤魂。

就這樣苦苦挨到天亮，香火箱終於「砰」一聲掉到地面。大藏睜眼一看，自己身處海邊一座神社旁，神社四周栽滿松樹、杉樹。一位銀髮蒼蒼、頭戴烏帽、身穿祭祀白衣的神官，手捧祭神供品，向他走來。到了面前，問道：「瞧你的樣子怪裡怪氣，是從哪兒來的？」大藏回答：「小的在伯耆國大山上，被神靈施法，連人帶這個香火箱，扔到了此地。那神靈已先回去了。」

神官大驚：「這件事當真離奇。算你命大，竟然能活下來。實話告訴你，此地是隱岐國[94]燒火權現之神社，離你老家遠得很啊。」大藏瞠目結舌，哭訴說：「小人父母健在，希望您能放我渡海返鄉。」神官道：「本地規矩，他國之人無故到此，必需問明詳情才能放回。你等我將供品上好，一起去我家裡再說。」

92 伯耆國：屬「山陰道」，俗稱伯州，今鳥取縣中部及西部。

93 申時：下午三點整到五點整。

94 隱岐國：屬「山陰道」，俗稱隱州，今島根縣外島。

大藏被神官帶回家裡，仔細盤問了一番，又被帶去目代[95]那兒。神官向目代稟告：「今晨禱告祭祀時，因失手將供品打翻在地，急忙回家重新準備。當我再度返回神社時，看到松柏旁邊站著一個外地來的陌生人，他說他是伯耆國人，受到神靈懲罰，身不由己來到本地。該如何處置此人？還請大人裁斷。」

目代道：「既然是被神靈帶到本地，我也不便過問。就當他無罪，讓他從哪兒來就回哪兒去好了。」神官領命，等下午漲潮時，命人押送大藏上了開往對岸出雲國的船。

這艘船荷重八百石，也算得上是條大船了。順風行駛，速度頗快。大藏卻說：「跟俺昨晚插上神的翅膀相比，這速度真夠慢的。」大船從辰時[96]出發，三十八哩的海路，申時便抵達了出雲國。出雲關所的官長問清事由，鄙夷唾棄道：「你竟敢褻瀆神靈！呸！」蓋好驗關文憑，揮手讓大藏快點走人。此後每經過一個村落，都會有兩個人押解大藏。七日後，大藏終於回到老家，被押到目代處聽候發落。目代判決：「此事罪責較輕，杖笞五十，交由村長領回。」

村人們得知大藏返鄉，奔相走告，有人急忙跑到大藏家，告訴他母親和嫂嫂這個消息。母親想不到大藏還能活著回來，喜極而泣，到門口翹首等候。不一會兒，村長領著大藏回到家。母親見兒子一臉憔悴，趕忙端出飯菜，先讓大藏吃了個飽，又端水讓他洗臉洗腳。父親盤腿坐在佛像前，朝空中吐著煙圈，冷冷地望著兒子。大藏的哥哥正要去山上工作，瞪眼道：「你竟能安然無恙、活著回來，還真是不可思議啊！」說完挑著扁擔拿上鐮刀出門去了。村裡的那些狐朋狗友，聽了消息，也紛紛趕來問候大藏，都說：「以後你可別再吹牛了。這次沒被那惡神撕成碎片，真是天大的僥倖啊。」

這夜，大藏飽睡一晚，直到次日晌午才起床。從此以後，他凡事都與父母商量，每天跟隨兄長上山作工，處處小心謹慎。村裡的人笑著說：「從隱岐國回來之後，大藏真是變了個人。就像囚犯遇上大赦一樣，規矩多了。」給大藏取了個綽號叫「大赦藏」。

數日後，大藏向母親說：「俺這條命能保住，多虧了大智大權現[97]保佑，才沒讓那惡神害了俺。俺能改掉以前的壞毛病，也得感謝大智大權現。所以俺想去山上的神社拜謝一番。」母親不放心，勸道：「倘若品行端正，心中不生邪念，在家拜佛與上山參拜神社都一樣。你現在還是好好拜佛，過段時間再讓你哥哥和你一起去拜神吧。」大藏的父親卻說：「若那惡神真的討厭你，豈能容你活命？去就去吧，早點回來就好。」嫂嫂也勸大藏的哥哥：「那你就和他一塊兒上山吧。」哥哥冷笑著說：「其實父親說得有理，惡神若真要害他，我在旁邊也護不住，還是讓他自個兒去吧。他心裡在想什麼，神明自然清楚。」大藏原本膽子就大，見兄長不願同去，也不勉強，道：「那俺速去速回。」說完便出門向御山行去。

幾個時辰後，大藏從神社回來，說：「俺在神前獻了香火錢，多謝大智大權現保護俺不被惡神傷害。還順便找回了那晚丟在山林間的簑衣和斗笠。」母親高興地說：「簑衣、斗笠丟了也沒關係，你能平安回來就好。」

大藏還願已畢，從此老老實實地跟著兄長伐木擔柴，對父母也盡心侍奉，非常孝順。他本來就力大無比，劈柴、砍樹的效率遠勝兄長，賺的錢自然也比兄長多。母親與嫂嫂十分高興，經常誇他能幹。

大藏埋頭苦幹，到了歲末，竟也攢下了三十貫錢。父親和兄長頗感欣慰，將錢鎖進櫃子裡。母親和嫂嫂買來布匹，為大藏做了件新棉衣。

新年放假，大藏無所事事，為了打發時間，竟又去那家小酒館與人賭博，結果賭運不好，欠了一屁股債，被人到處追討。他只好躲在家裡，整整兩天不敢出門。後來他想，這賭債利上滾利，拖得越久，欠得越多，還是要想辦法還清；便打起自己存的那三十貫錢的主意。他向母親謊稱：「俺今日要和幾個朋友一起去神社拜春，需要拿些錢供奉給神社。」母親說：「那你要早去早回，山上過了申時便不安全了。」邊說邊打開櫃門取錢。大藏跟在後頭，央求母親多給些。母親道：「往日拜春，只需這麼多就夠了，為何今天多要？」說著拿了一百多文銅錢給大藏。大藏眼睛朝櫃裡一瞥，見裡頭大概還有二十多貫錢，便說：「俺說實話吧。新年裡一閒下來，俺老毛病又犯了，賭輸了錢，被人追債，實在是沒法子了。這二十多貫錢您就當是借給俺，俺先拿去把債還上。等開春上山，俺一定死命幹活，賺了錢還您。」

母親見大藏死乞白賴，怒道：「豈有此理！我滿心以為你已經改邪歸正，沒想到你又去賭博！先別說目代年年新春都在嚴查聚賭，就是神明知道了，也會懲罰你。這些錢是你兄長放在櫃中的，你要拿，先問過他再說。」說著就要把櫃子鎖上。到了這地步，大藏哪能容母親不給？他一手用力按住母親，喝斥道：「不准叫！父親在午睡，別把他吵醒了。」一手搶過鑰匙，硬是從櫃子取出那二十多貫錢，順手把母親塞入櫃中，將錢往肩上一甩，奪門而出。

怎知嫂嫂恰好從門外進來，與大藏撞個正著。眼見大藏肩上扛著銅錢，嫂嫂大聲斥道：「你要把錢拿到哪裡去？這些錢是你哥哥清點好鎖進櫃子裡的，你不能拿走！公公快來啊，大藏又幹壞事了。」

大藏的父親聽到叫聲，一驚而醒，順手抄起一根木棍，衝到院子裡劈頭蓋臉朝大藏打去。嘴裡罵道：「你這畜生，竟做起強盜來了，今天我饒不了你！」大藏平日銅筋鐵骨，棍棒打在身上像沒事一般，悶聲不響，逕直往門外闖去。父親在後面追趕，不停咒罵：「畜生，你別跑，真是混帳透頂！」大藏邁開大步，像韋陀[98]一樣越跑越快。父親追不上他，氣喘吁吁地喊：「來人啦，快幫我攔住大藏那個混蛋！」

95 目代：日本平安時代中期到鎌倉時代，國司的行政代理人。

96 辰時：上午七點整到九點整。

97 日本佛教有「本地垂跡」一說。所謂本地垂跡，是指作為本源的佛、菩薩，為了拯救日本的芸芸眾生化身為日本的神，這些化身就被稱為「權現」。

98 韋陀：佛教中的護法天神，能飛善跑。

這時，大藏的兄長恰好回家，迎面碰上弟弟，搶步上前扭住了他，厲聲道：「你這是幹什麼？這錢怎麼在你肩上？」大藏不答，飛起一腳將兄長踢倒在地。兄長這麼一阻，父親已經從後面趕了上來，攔腰抱住大藏。大藏嘆氣：「您老人家一把年紀了，還想跟俺比力氣嗎？」身子用力一抖，將父親震開。此時春雪未融，父親腳底一滑，跌進路旁一個冰凍的池塘裡。兄長慌忙扶起父親，怒道：「你連親生父親都敢打？」大藏不知該如何解釋，索性不理會父兄，大步疾奔而去。父親畢竟也是樵夫出身，身子骨硬朗，不顧寒冷，將濕衣服一撩，向前直追。

大藏跑出數百步，前面是一條河，突然有個大漢從河邊直撲過來。一看來人，正是在賭桌上贏自己錢的某個朋友，此人也頗有幾分蠻力。大藏先發制人，趁那大漢還未站穩之際，兜頭一拳，砸在大漢臉頰上，大漢登時懵了。大藏順勢一踹，大漢翻身落水。大藏望著在水裡撲騰著爬不上來的大漢，怒從心頭起，罵道：「若不是誤交你這個損友，俺也不會沉迷賭博，輸得一無所有，還要去搶家裡的錢來還債！」邊罵邊將岸邊的一塊大石頭也踢進水裡。剛好大漢掙扎著爬上來，被石頭「砰」一下砸中，連人帶石沉入河底，就此丟了性命。

大藏眼見自己失手殺人，父親與兄長又窮追不捨，拚命要把錢奪回去，不禁心魔大盛，惡向膽邊生。他不再顧念骨肉親情，面目猙獰地將父親、兄長一併踢入河中。春寒水凍，父子倆又不識水性，可憐他們掙扎浮沉片刻，就雙雙溺斃了。

村民們得知消息，義憤填膺，自發組織起來追捕大藏。可是尋遍村子周遭，都不見大藏蹤影。大家便到目代處詳細稟明案情，目代道：「此人窮凶極惡，又身長善跑，想來早已竄逃出境。待我發下海捕文書，緝拿到案後，一定嚴加懲處。」說完便命村長找人繪製大藏圖像，預備到處張貼。村長說：

「山村鄙陋，無人懂得畫圖，不如詳述罪犯體貌特徵，或許也能追捕。」目代答應了，於是在緝捕告示上寫：「凶徒大藏，身高五尺七寸，體格壯健，相貌兇狠……」等語，抄寫多份，送往各國張貼。

大藏殺兄弒父，一路亡命，經過築紫，逃到了博多津。他賭性不改，又與當地人賭了幾場；這回卻是鴻運當頭，贏了不少錢。可是，沒過多久，關所就貼上了通緝告示。賭場一干潑皮交頭接耳，認出罪犯就是大藏，但人人都害怕大藏兇狠，不敢上前捉拿。大藏見勢不妙，又踏上了逃亡之路。

奔逃途中，因為錢袋裡財產甚多、沉重累贅，大藏便將錢袋埋到一棵樹下，身邊只留了五兩從賭場贏來的黃金。他扮作旅人，逃到長崎津，在一個小寡婦家暫住；白天去賭場賭博，晚上就回小寡婦家歇宿。

也是他時來運轉，以往在家鄉時，逢賭必輸；如今流落異地，卻每賭必贏，很快就積累了一筆可觀的財富。大藏手中有錢，膽氣也壯了，竟然喧賓奪主，強迫小寡婦服侍自己。

這天，大藏從早飲酒到晚，酩酊大醉，做勢要打小寡婦。小寡婦十分害怕，想起以前曾在丸山妓院做過女紅，便逃去暫避。

大藏酒醒後，不見小寡婦來服侍，一面高聲呼喚：「人呢？」一面裡裡外外把破屋翻了個遍，就是找不到小寡婦。大藏心想：「她定是被俺醉酒的模樣嚇著了，又不敢吭聲，所以躲了起來。平日聽她閒聊，說曾在丸山妓院做過女紅，准是躲到那兒去了。」心中篤定，邁開大步闖到丸山妓院，在門口大叫大嚷：「把俺的女人還給俺！」

丸山妓院的客人見他相貌狠惡，以為是活鬼上門，都嚇得不知所措。大藏嚷了半天，見無人應答，直闖入屋就是一頓拳打腳踢，將妓院的屏風、桌椅全都破壞殆盡，又旁若無人地提起酒甕狂飲。吃飽喝足後，撒起酒瘋，吼道：「還俺女人！還俺女人！」

妓院裡有一位唐國來的客人，正在雅室自斟自飲。大藏不管三七二十一，一腳踹開房門，闖進雅室，踢倒屏風，盤腿坐下，瞪著那個客人。那位唐國客人慌忙道：「樊噲排闥[99]！樊噲排闥！我是唐國人，什麼都不知道。」老闆丸山怕得罪了唐國貴客，向大藏作揖賠禮道：「小的這裡確實沒有女子躲藏。壯士莫急，無論她跑到哪兒，都包在我身上，我定幫您找到她。」說著急忙叫僕人擺上酒菜，雖不是熊掌、駝蹄等山珍，卻也滿桌海味，極是可口。

大藏連乾數杯，高興道：「那位唐國的客人叫俺『樊噲』，想那樊噲乃唐國漢朝時的大英雄，好極了，俺以後就叫樊噲！」

大藏酒到杯乾，喝得爛醉如泥，當晚就在妓院歇下，丸山暗中叫人去報了官。次日黎明，官府派了四、五個差役來到妓院，向丸山道：「那凶徒是伯耆國人，殺兄弒父，正被通緝呢！你去哄他出來，我們埋伏著綁他。」大藏這時也醒了，在裡屋聽得真切，知道無法逃脫，便開門出來，跪倒在地，假意說道：「冤枉啊，小人並未殺害父兄。」差役聽他這麼說，戒心鬆了幾分，圍攏上來。大藏突然暴起，飛快奪下其中一個差役的公堂棍，揮舞開來。差役們吃了一驚，等回過神來，大藏已逃遠了。

由於全國各地都有通緝告示，大藏再也無法找到地方安頓，只好四處漂泊，東山藏一天、西野躲一日；吃不好也歇不了。最後終於捱不住，感染了疫病，狼狽地倒在山路邊。他大聲呻吟，如狼嚎般，路人們害怕極了，竟無人敢上前探視。

大藏病了數日，總算素日裡身體壯實底子好，慢慢退燒，人也清醒過來。但因多日不曾進食，渾身乏力，站不起來，只得勉強支撐著爬到山路正中，等行人路過施救。如此捱到夜裡，有人走了過來，聽到呻吟聲，在月色下見到大藏，忙問：「你是何人？」大藏說：「俺是個旅人，數日前在此病倒，如今雖然退了燒，但多日沒吃東西，渾身無力。求您隨便施捨點吃的給俺吧。」

路人點燃照明，見大藏雖然面目猙獰、蓬頭垢面，但確實是人非鬼，便放下心來。他沉思片刻，似乎在打什麼主意，接著伸手從腰間取出飯盒，拿出幾個飯團遞給大藏。大藏狼吞虎嚥，頃刻間將飯團吃得乾乾淨淨，拜謝道：「救命大恩沒齒難忘，容後圖報。」路人笑道：「瞧你這副模樣，落魄潦倒，以何為報？不如跟了我去，落草剪徑，也能養活自己。你看如何？」

大藏暗笑，答道：「原來閣下專做沒本錢的買賣。那你找對人了，俺慣常賭博酗酒，與你本是一路人。只是賭博講的是運氣，俺空有一身力氣，卻無處施展。這下好了，若剪徑為盜，正好人盡其才。哈哈！」

強盜喜道：「沒想到你這廝膽子還挺大。我曾看過一張通緝告示，告示上描述的逃犯樣貌，與你十分相似，難道你就是那個在伯耆國殺兄弒父的大藏？」大藏道：「你既已知曉，俺也不隱瞞了。那件歹事正是俺做下的。所以俺往來各地，與常人交往，總是不能放心。若能與閣下一起上山為盜，那便再好不過。」強盜驚歎道：「你連父兄都殺，真夠狠，是幹這行的好材料。今夜你納個投名狀來，便算你入夥了。」大藏問：「要以什麼當作投名狀呢？」強盜答：「根據我的線報，子夜時分將有客商途經此地，所乘之馬背負鉅資，身邊卻只有一個老足輕[100]護送。我料那馬上載的，必是黃金。你去將那客商和老足輕殺掉，權當與我合作的投名狀。如何？」大藏道：「殺人不難。只是夜涼天寒，須得下山喝幾杯酒暖暖身子，到時才好下手。」強盜道：「你說的是。我也頗覺寒冷呢。」商議已定，兩人便一同下山，約莫走了十町遠，見前方有個小酒家，遂上前敲門買酒。

此時已經夜深，酒家本已歇息，店主卻還是前來應門。強盜道：「店家，有啥好酒好菜，統統端上來。」說著摸出金一分[101]，擲到桌上：「深夜叨擾，失禮了；俺先把酒錢給你。」

99 排闥：推門，撞開門。見《漢書．樊噲傳》：「高帝嘗病，惡見人，臥禁中，詔戶者無得入群臣。群臣絳、灌等莫敢入。十餘日，噲乃排闥直入，大臣隨之。」

100 足輕：最下等的武士。平常從事勞役，戰時成為步卒。

101 金一分：一兩金子的四分之一。

店家見他出手闊綽，很是高興，急忙張羅酒菜。他先把酒熱上，又去鄰居家買來鮪魚，料理好鮑魚，煮了一鍋豆腐湯，一起端上桌。強盜與大藏連聲讚好，敞開肚皮豪飲猛吃。酒足飯飽後，看看時間差不多了，便起身離去。店家已認出強盜是當地有名的草寇，但另一個身材高大的莽漢卻很面生。心道兩人應該是同夥，也不多想，將殘酒剩菜吃完，收拾好杯盤，自去歇息。

強盜與大藏再度上山，躲藏在一片密林之中。不久，一陣馬鈴聲響，強盜叮囑大藏：「點子來了，小心行事。」大藏道：「管保他們跑不了。」橫臂將一棵高達丈餘的松樹連根拔起。強盜稱讚：「兄弟真是神力！」

少頃，馬蹄聲由遠而近，到了兩人跟前。大藏悶聲不響，揮起松樹，斜裡直掃出去。客商不備，被連人帶馬打個正著；跟在後面的老足輕嚇得連刀都不敢拔，轉身就逃。大藏大步趕上，罵道：「沒膽子的傢伙。」一甩手將老足輕扔下山谷。回過身來，一腳用力踩在馬腹上，道：「俺還沒弄死過一匹馬呢！」那馬連聲慘嘶，氣絕而死。大藏嫌解下馬背上的包袱麻煩，扯了幾下，將繩索扯斷，強盜直誇他辦事乾淨俐落。兩人打開包袱一看，不得了，裡頭竟有千兩黃金。大藏笑道：「咱們取了黃金，這包袱皮拿了也沒用，不如給馬蓋上吧，免得牠夜深著了涼。」

此時天尚未亮，兩人攜了黃金，急急下山。強盜帶大藏來到岸邊，只聽海面上有人用暗語輕聲問：「海波湧起，岸邊可有人在？」強盜應道：「快來。」立時便有一艘烏篷小木船划了過來。強盜請大藏上船，只見兩個大漢迎上來：「大哥今夜收穫如何？」強盜笑道：「多虧這位好兄弟相助，掙得一筆大財。快上酒，好好慶賀一番。」大漢們笑道：「趕巧捕了兩條大魚，大哥有口福。」說著，將捕到的鯛魚細切成膾，呈了上來。大藏與眾人見禮，說：「在下今後便叫樊噲了，還請眾位兄弟多加關照。」說完將頭髮高高挽起，旁若無人地飲酒食膾。眾盜見他豪氣干雲，都頗為欽服。

樊噲問那強盜首領：「尚不知大哥如何稱呼？」有個大漢答：「咱們大哥名叫村雲，本是相撲高手。後因與人相爭，落下罪名，被逐出家鄉。他尋思著與其在鄉間受辱，不如轟轟烈烈，快意恩仇來得痛快，便落草為寇。三年來，村雲大哥帶著咱們上山入海，劫掠富戶不費吹灰之力。從山陽道、築紫九國之間，到伊予、土佐、贊岐，都是咱們的天地。那些官府公人都是飯桶，從不曾抓到咱們。你來看，上了岸便是伊予國；雖沒有千金買醉的奢華場所，卻也能到熟田津溫泉好好泡泡，舒舒服服地享受到來年開春，美酒海鮮更是一頓不少。」

聊著聊著，天色將明，村雲令二盜將小船划到岸邊，說：「你二人即刻上岸，在伊予國待上一段日子，小心別讓官府盯上；我明年春再來找你們。這些金子分給你們，安生度日，別再幹不法勾當。我要扮作商人，去飾磨津辦事。」村雲說完便取出黃金分給眾人，樊噲也得了一百兩黃金。

別過二盜，村雲邀樊噲直奔一間溫泉客棧。店家問：「二位客官打哪兒來？」樊噲答：「俺二人專為遊覽弘法大師的遺跡而來。隆冬之際，打算泡幾日溫泉再去參觀。」店家見二人相貌兇惡，心想朝聖的人當中，也有居心不良者，不可不防；但仍勉為其難讓二人住進客棧。

樊噲瞅著店家的臉色，心想自己這般模樣，確實招人避忌。那通緝告示貼得到處都是，終究會被人認出。心想乾脆改換相貌，變作和尚掩人耳目。剛好望見對面山峰上有間小寺院，樊噲便向寺中行去。

到了寺院，一個年邁的老法師正在默誦「南無阿彌陀佛」。樊噲納頭便拜，懇求道：「大師，俺乃京都人氏，原本與母親前往四國觀禮，不料昨日下船時，母親一腳踏空，失足跌入海中。俺急呼船夫救人，船夫卻道：『此刻正是漲潮，海水下頗多鱷魚噬人，令堂必定無倖；我等可不願白白搭上性命。』」俺悲痛萬分，心想父親早亡，家中由大哥主事，如果回鄉告知家母落水身亡的消息，大哥向來與俺不和，必然責怪俺照顧不周。屆時逐俺出門，豈不淒慘？與其流落天涯，不如削髮為僧，拜師參佛，爾後遊遍六十六國[102]，修來生福祉。俺這滿頭煩惱絲，就請大師幫俺剃度，再贈俺一襲舊僧袍吧！」說完，樊噲從村雲所分的百兩黃金中，拿出一兩，鄭重地雙手奉上。

那老法師僻處荒山，一輩子只見過山吹花在春天綻放時的金黃色，何嘗看過熠熠閃光的黃金？急忙一把搶過，放入懷中，笑道：「老衲這就幫你剃度受戒。」樊噲雙手合十：「願佛光普照，金剛度世，南無阿彌陀佛。」誦佛聲中，髮絲縷縷落下。

剃度完畢，樊噲渾身輕鬆，心中甚喜。老法師翻出一件暗灰色的舊僧袍，披在他身上。那僧袍殘破不堪，手臂都無法穿過袖口；但樊噲並不介意，向老法師深施一禮，大步離開山寺。

他擔心村雲等待太久，三步併作兩步，疾速奔回客棧。村雲見他身披僧袍，打趣道：「怎麼變成法師了？失敬失敬。只是僧袍太不合身，我讓人給你買一件新的。」說完便掏錢讓店家去買了一件上等的深灰色僧袍。樊噲道：「俺一個粗人，身高體闊，穿著合身的衣服，別人看了反而不順眼。」村雲笑著說：「那你只好弓腰屈背地修行嘍，日後再買個雲遊笈[103]裝你的衣物吧。」樊噲說：「不必再買什麼笈囊了，俺無牽無掛，一身都獻給佛祖；願佛光普照，金剛度世。南無阿彌陀佛！」

二人在客棧中又住了幾日，村雲說要動身前往飾磨津，樊噲便與他同行。他們乘船來到播磨國，去飾磨津拜訪村雲的叔母。尋到叔母住處後，敲門進屋。村雲向叔母問安，叔母道：「賢侄多時不來，家中錢糧短缺，這回要多留些財物。」說完，出屋打酒買菜。

村雲和樊噲在飾磨津又住了二十天。一日，樊噲收拾行囊，戴上斗笠、穿好僧袍，告別道：「俺想到東邊去看看，一邊雲遊一邊修行。」村雲笑道：「逢坂山[104]就在京都通往東國的道路上，那裡有個小村子，家家戶戶都以繪圖賣畫為生。你這副尊容像極了畫上敲鉦念佛的鬼怪，一定要去瞧瞧。」

102 這裡的「國」，並非「國家」之意，而是指行政分區「令制國」。日本的一國，相當於一個州或縣。全日本共分為六十六國。

103 笈：用竹、藤編織的行囊，用來放置書籍、衣巾、藥物等。

104 逢坂山位於今日京都府與滋賀縣的交界處，是從京都往東國的必經之地。因山腰上有兩條坂道交叉會合，故名「逢坂」。

樊噲大笑，與村雲痛飲數杯，道別出門。他擔心大路上有官府盤查，只敢挑山間小徑繞行。走到一片廣闊的荒野時，已是日暮西山，周圍不見一家客棧。又向前趕了一段路，終於望見曠野上有戶人家，急忙快步上前，請求借宿一夜。屋裡有位老嫗，抬頭見樊噲一臉凶相，頗感害怕。但轉念一想，家徒四壁，即使來的真是強盜，也無物可搶。便鎮定下來，說：「明天乃亡夫忌日，我兒子去惣社買米，您請進來坐。順便給先夫念念經，禱祝冥福。」

樊噲道了謝，走進屋裡，坐到地爐邊上說：「還是屋裡暖和啊。」伸出雙腳，在地爐旁烘。老嫗從灶頭端來一碟芋頭，道：「沒有什麼像樣的食物招待，請大師將就些。等我兒回來，就有米下鍋了。」樊噲腹中正飢餓著，接過芋頭，讚道：「真香。」將芋頭吃得乾乾淨淨。

這時，有個人走進屋裡，說自己是老嫗的鄰居。其實他住在河對岸，離這兒還有一段距離，他身後跟著一個商販模樣的人。鄰居問老嫗：「令郎出去了？這位客商是到本地收兌金子的，聽我說起您家裡有一點黃金，便告誡：『黃金乃珍貴之物，贗品很多。比如在春日大阪的祭禮、京都鞍馬寺的初寅參觀日，賣給香客的，都有可能是假黃金。』他古道熱腸，吃完飯就趕了過來，要幫您鑑定黃金的真偽。」老嫗答：「那點金子，也不知道被我兒子藏哪兒了。他只說要留著應急，平常從沒見過他拿出來呢。」幾個人正說著話，老嫗的兒子背著米推門而入。老嫗對兒子說：「有位大師來家裡借宿，我去給他做飯。還有鄰居帶了一位客商過來，說要幫忙鑑定黃金的真假，你拿給他們看看吧。」說完自去灶下生火，淘米做飯。

兒子答應一聲，從神龕中取出一個紙包，有閃耀的金光從紙包縫隙中露出。商人一看就知道老嫗家中收藏的黃金是真的，想說幾句唬人的話，以低價兌換黃金，卻見樊噲目不轉睛地望著自己，神情狠惡，目露凶光。他不禁打了個哆嗦，不敢撒謊說黃金是假的：「這些黃金貨真價實，你們用兩貫錢兌給我，如何？若不要現錢，可折算為三斗米，我去惣社買來，送到你家。」

樊噲聽了，冷笑數聲，道：「貧僧雲遊天下，黃金見過不少，對於金價清楚得很。這些金子最少能換米一石，兌錢七貫。」

商人語塞，支支吾吾說：「小的向來在小地方走動，對黃金價碼不太明瞭。」說完匆忙找了個藉口溜之大吉，鄰居也急忙告辭離去。

樊噲對老嫗母子說：「那人是個奸商，雖然並不搶劫，行徑卻與強盜無異。如果今天俺不在場，你們肯定要受騙了。這些黃金收藏好，以後不要再拿出來了。」說著，從行囊中捧出已不足百兩的黃金，金光閃閃，照得一室皆亮。樊噲將其中一枚交到老嫗手上，說：「多有打擾，這枚金子就當作飯錢和歇宿錢吧。」老嫗慌忙道謝：「大師真是太客氣了。不過是歇息一晚，哪用得著給黃金啊！」她收下金子，又道：「明日還給大師煮飯、蒸芋頭吃。」樊噲感慨萬千，覺得這鄉下地方的人，真是淳樸如上古羲皇之民。

隔天清晨，樊噲早起，為老嫗的亡夫誦經禱告。有個黎明就上山砍柴的樵夫聽到誦經聲，尋到屋門前，自語道：「屋裡的聲音怎麼如此粗魯洪亮？難道是鬧鬼？」從門縫往內一瞧，原來是個大和尚在念「南無阿彌陀佛」，於是釋然：「雖然粗魯，終歸是個法師。嗯，今日是這戶男主人的忌日，確實應該做一做佛事。」這麼想著，轉身離去。

樊噲誦經完畢，起身向老嫗辭行。老嫗有些不捨：「大師若得空，望能再來寒舍。老身一定到惣社買來明石浦的裙帶菜、香菇、冰豆腐，好好招待大師。」樊噲感其至誠，揮手作別。他繼續向東而行，跋山涉水，健步如飛，黃昏時已抵達難波津。這裡不愧是全國第一大港口，各地來往船隻都停泊於此。樊噲擔心撞見熟人，不敢投宿旅店，找了座無人的荒寺，胡亂將就了一夜。

天明時，枝頭鳥兒鳴唱，吵醒了樊噲。他戴好斗笠，拄杖穿越市衢。一路上小心翼翼，儘量不往人多喧嘩處走。也不朝拜住吉神社和天王寺，徑取河內、和泉，經紀伊路、大和路，略作遊覽後，來到京都。京都雖然不如難波津人多熱鬧，樊噲卻仍擔心會被認出，尋思著今年冬天還是先去北陸雪國潛藏，等明年開春再去東國遊賞。於是大步疾行，沿著近江湖岸，朝越前進發。

連行數日，向路人詢問了去敦賀港的途徑，披星戴月，向荒乳山關所而來。當晚月明星稀，月色照在枝頭，白雪皚皚，別有一番雪國情調。

行了里許，見前方一人，五短身材，盤腿坐在一塊岩石上。他冷冷地瞅著樊噲走近，突然暴喝：「那過路的禿驢，身上盤纏不少吧？把買路錢留下！」樊噲尚未回答，背負的行囊已被人扯住，身後有一人說：「這囊中沉甸甸地，肯定裝滿了金子。」樊噲扭頭一看，身後那人樣貌兇狠，正瞪著自己。他將行囊放到地上，笑道：「不錯，這裡面都是金子。要的話，儘管來。」說著在矮子左邊的岩石上坐下來，掏出旱煙，旁若無人地抽起來。

兩個劫匪面面相覷，罵道：「這禿驢倒挺大膽。」提起行囊，將囊中黃金仔細數了一遍，共有八十兩整。樊噲冷笑道：「俺就當送錢給兒子花了，你們把金子分了吧！」兩劫匪大怒，一人口中罵道：「賊禿，尋死麼？」撲上去要打樊噲。樊噲飛起一腳，將那人踢了個筋斗，仰天而倒。另一人企圖抱住樊噲，被樊噲反剪雙手，一把摔翻在地。樊噲厲聲道：「爾等且聽我一言。要幹攔路剪徑的勾當，憑你們這點力氣，隨時沒命。不如跟著俺吧！這幾十兩金子算什麼，日後包管應有盡有。」他手指矮子說：「你個頭矮，就叫小猿。」又指著另一人道：「你相貌兇惡，像夜裡拘魂的鬼卒，就叫月夜吧。」二人俯首聽命。

樊噲說：「俺今年冬季要暫時藏匿在越前，你們幫俺安排個可靠去處。明年春天自有你們的好處。動身吧。」

三人結伴來到加賀國，小猿、月夜恭恭敬敬地問：「山裡有溫泉，可以湯浴療疾。大哥，咱們就去那兒賞雪洗浴，一直待到春天如何？」樊噲點頭叫好，讓二人找了家合適的客棧。店家認得二人乃是慣盜，卻被一個大和尚制得服服貼貼，如僕役般呼來喚去，頗感詫異，就讓他們在客棧中安頓下來。樊噲又約束二人不得肆行胡鬧，店家十分高興。

大雪紛飛，彷佛永不停歇。泡溫泉的客人們聚在一起聊天，都說：「瞧這積雪，可比往年深多了。」有位山寺的僧人吹起了匏簫[105]，妙音雅樂，娓娓不絕。樊噲十分愛聽，便請僧人授藝。僧人見有人欣賞，心中歡喜，答應傳授樊噲樂藝。第一首教的是《喜春樂》。別看樊噲外表粗豪，卻頗有音樂天賦，不但節拍契合，而且由於體壯胸寬、中氣十足，吹起匏簫來清亮悠遠，空靈動聽。僧人讚美：「妙極妙極，您難道是妙音天[106]轉世？」樊噲打趣道：「豈敢。別說天女了，就算是服侍天女的鳥獸中，也找不到像俺這麼醜的。」僧人瞧著他那張笑臉，的確夠難看，不由也笑了起來，說道：「能認識您，今年冬天也不枉了。待我回到寺中，安排好明春諸事，定然再回此處，與您同奏雅樂。此刻再教您一曲，如何？」樊噲道：「那倒免了。俺會吹一曲，已然稱心如意。學太多首，過於繁雜，反而記不住。」僧人告辭道：「也好。那麼明年開春，您一定要上山一趟，我還想再聽聽您這位妙音天的妙藝呢。」樊噲應了，叫月夜送僧人出門。他自己取了一張紙，寫上幾句道謝的話，再將一枚金幣包在紙中，作為謝師禮交給僧人。僧人得了意外之財，大喜過望，回寺中去了。

此後，樊噲便經常攜帶匏簫，到溫泉吹奏。可惜雪越下越大，客人們都陸續回鄉去了。清音無人欣賞，樊噲大感寂寞孤清。向店家打聽可還有別處能夠玩賞。店家答道粟津亦有溫泉，是個過冬的好去處，而且距離加賀也不遠，幾天便到；樊噲便決定去粟津。臨別，他付了一筆可觀的宿費給店家。

到得粟津，遊人如織，摩肩接踵，果然繁華。他四處遊覽，每到一處，必奏《喜春樂》。城中有一人頗識音律，說道：「大師妙音，宛如天籟。只是翻來覆去都是一首樂曲，有些單調。在下願以橫笛相和。」從身上取出橫笛，與樊噲簫笛合璧，共奏一曲。一曲終了，兩人惺惺相惜，那人說：「大師技法高妙，音色純正、嘹亮昂揚，在下生平僅此一聞。懇請屈尊敝宅，盤桓一兩日，在下也好就近請教。」樊噲覺得盛情難卻，便答應了。

次日天剛亮，就有僕人來到樊噲歇宿的客棧門口，迎接樊噲去那人宅邸。樊噲與兩個手下到了宅門前，只見重簷斗栱、雕樑畫棟，竟是戶豪門大家。樊噲撇撇嘴，低聲對小猿道：「這家的寶貝肯定也不少，嘿嘿。」

主人熱情地出來迎接樊噲，將他請入內室。有一個吹篳篥[107]的高手已在室內安坐。三人合奏數遍，吹篳篥者如癡如醉，嘆服不已，高聲讚美：「妙！妙絕天下！」

午間，主人設宴款待眾人，魚、肉、美酒擺了整桌。主人勸酒道：「在粟津溫泉時，在下見大師不避葷腥、酒肉盡歡，想來定是一向宗[108]高僧吧？」樊噲哈哈大笑，也不答話，酒到杯乾，喝到盡興處，又取出匏簫吹奏。主人與吹篳篥者側耳傾聽，絲毫不敢怠慢，齊聲讚到：「一向宗所修，一心一向也。一心一意吹奏的妙韻，真是仙樂啊。」

樊噲在這戶富人家住了一個多月，到了二月初三，告別主人，沿著能登海岸遊覽。旅程中聽聞這一帶尚被大雪封凍，琢磨著八千代地區的千鳥鳴啼，自己已然聽過，何不改道去越中的立山地獄谷[109]見識見識？主意已定，樊噲與小猿、月夜三人便轉向立山而去。

登上立山後，放眼群峰巍峨，山頭覆滿白雪。樊噲問道：「地獄谷位於何處？」小猿、月夜答：「我們也不清楚。聽說谷中厲鬼橫行，從來不敢往那裡去。」樊噲無奈，在立山兜兜轉轉了半日也找不到入口。他不禁生氣地說：「什麼地獄谷？徒有其名罷了。」擦乾淨身旁一塊大石上的積雪，打算坐下歇息一會兒。

105 匏，中國古代「八音」之一。古樂器中的笙、竽屬於匏音。簫，又名洞簫、單管，一般由竹子製成，上端有一吹孔，豎吹。

106 妙音天：又名大辯才天、大辯才功德天、美音天等，是婆羅門教、印度教的文藝、語言女神。其聲曼妙，能奏仙音妙樂。

107 篳篥，又稱悲篥、笳管、頭管，是由古龜茲人發明的一種簧管樂器。豎吹，聲音低沉悲咽。

108 一向宗，即淨土真宗，又名本願寺宗、門徒宗。因一心一向歸命阿彌陀佛，故稱一向宗。一向宗廢除了所有清規戒律，信徒可以喝酒吃肉，娶妻生子。

109 立山地勢險惡，其中有個地方因火山噴發而熔漿滾滾，就像人們想像中的地獄一般，此地就被命名為「地獄谷」。據《今昔物語集》記載，人類若是造孽太多，就會墜入地獄谷。古代日本人認為攀登立山就相當於經歷了從地獄到「極樂淨土」的過程。攀登立山歸來，就等於洗刷現世的罪過和骯髒，重獲新生。

此時眼前一花，身前竟出現了三個形貌枯槁、骨瘦如柴的人，眼中飢火直冒。小猿、月夜驚道：「這些肯定是餓鬼！快，快給他們一些吃的。」樊噲從腰間解下食盒，遞了過去。餓鬼們狼吞虎嚥，埋頭大嚼起來。樊噲掏出匏簫，悠悠揚揚地吹奏。樂聲清亮高亢，在峰巒間回蕩。凡人聽來這是天籟之音，餓鬼卻聽得膽戰心驚，霎時間消失無蹤。樊噲自言自語：「今日在立山驅鬼，也算修行一場，不算白來一趟。」言罷，下山而去。

此時神通川由於雪已融化，可以從舟橋上通行了。樊噲起了玩心，涉水走到河中央，恰巧一棵小樹從上游被沖下來，漂到河心時，被舟橋攔住。樊噲毫不費力地撈起小樹，除去枝椏，笑道：「倒撿了根好木杖。」說完拄著木杖踏橋過河。

到了對岸，三人商量好，去大津浮島賞玩。走到半途，卻遇上了村雲。相互寒暄一陣，村雲道：「兄弟的海船被官府查抄了，雖折了不少本錢，好歹逃了出來。」樊噲道：「俺在北越整整過了一個冬天，溫泉泡得舒坦，而今手腳暖和，正打算去大津浮島呢。」命小猿、月夜先去山腳找家客棧暫住，與村雲同往浮島而去。

在一個巨大的湖沼裡，浮著兩塊小陸地，水鳥在上頭跳躍嬉鬧。樊噲指著一塊正向湖沼中心漂移的浮島，說：「咱們跳上去，到水面上玩耍。」村雲應了一聲，先跳到那塊浮島上，樊噲趁其不備，用力將浮島推向水中央。村雲驚道：「你做什麼？」樊噲也不睬他，取出匏簫吹起《喜春樂》。奏完哈哈一笑，不顧村雲還在浮島上，自行下山去客棧投宿。

次日樊噲起身，正要離開客棧，村雲迎面攔住他，怒道：「無情無義的傢伙！想當初是我救你一命，還分了百兩黃金給你。昨日為何作弄我？」樊噲反嗆：「你羞也不羞？那千兩黃金是俺出力奪得，你只分百兩與俺，還好意思提？昨日俺小小戲弄你一番，這件事就此揭過吧！以後咱們還是兄弟。」村雲低頭想了片刻，道：「既然如此，我也不追究了。」便連同小猿、月夜，四人結伴進城。

入城後，小猿、月夜道：「此城乃某國守大人的領地，十分富庶繁榮。城中有一豪宅，是國守大人的同族所居。那同族雖然沒有官職，卻是北陸道的首富。」邊說邊領著樊噲來到豪宅外牆。只見那牆體全用石頭築成，粉刷得雪白亮眼；高門敞軒，是座深宅大院。樊噲說：「自從落草為盜以來，迄今未曾偷盜過一次。今夜倒要來個『名正言順』，潛入這家一試身手。」四人遂分頭查看地形，將豪宅前後左右的情況摸了個遍。

查探完畢，眼見天色尚早，四人找了一家小酒肆吃飯。樊噲一進門，便拿出金子扔在櫃檯上，喊道：「店家，要十升熱酒，快。」店家見他們的相貌皆非良善之輩，叫了一聲苦，知道即使他們不給錢，也怠慢不得。急忙溫了酒，端上桌來。樊噲又問：「可有下酒菜？」店家答：「尚有少許山中獵物。」遂將兔肉、野豬肉煮好端出。四人推杯換盞，飽餐一頓，待到夕陽西下，離開酒肆，直奔豪宅而來。

明月在天，高牆聳立。四人聚在僻靜處，商量如何下手。樊噲手指宅內一幢屋子說：「此屋定是金庫。雖然從表面上看，與其他屋子並不相連，其實卻有回廊連接主屋。小猿身形瘦小，隨俺來。」二人來到高牆下，樊噲將小猿馱到肩膀上，吩咐：「你抓住伸出牆外的松樹枝，順著樹幹滑下去，悄悄打開邊門。」

小猿照樊噲所說，潛入豪宅邊門前，卻見邊門被兩副鐵鎖緊緊鎖住，沒有工具根本別想打開。

樊噲在牆外等得急了，罵道：「石牆靠人築，鐵鎖也是人鎖的。虧你還是個強盜，難不成只會拾稻穗？月夜，你進去幫他一把。」又將月夜馱到肩膀上，照老法子潛入宅中。

哪知左等右等，一個多時辰後還不見邊門打開，樊噲再也忍耐不住，金剛怒目，暴喝一聲，將手插入石牆縫隙中，用力一扒，石牆被扒了個洞。樊噲從洞中鑽進宅內，回頭低呼，讓村雲快來。

四人悄無聲息的掩到金庫旁，那金庫建得極其牢固。樊噲仔細觀察一番後，說：「有了。」順著房柱爬到迴廊的飛簷上，又從簷頂躍到金庫屋頂。而後伸出錫杖，低聲說：「小猿、月夜，照我剛才的法子爬上迴廊的飛簷，再抓著錫杖爬過來。」小猿與月夜終究是盜賊出身，身手敏捷，輕而易舉地爬到廊簷，抓住錫杖，又爬到了金庫屋頂。

樊噲將屋瓦掀掉四、五塊，露出屋頂鋪的薄木板，輕輕翻開，提起小猿、月夜，扔進金庫裡：「你們去取金子，手腳俐落點。」此時夜闌更深，哪怕只是極微弱的聲響，也能引起警覺。幸好金庫距離主屋有一段距離，樊噲的話語聲、二盜的落地聲，都未驚動宅中諸人。樊噲摸出打火石，點燃火繩，扔給二盜。二盜靠火繩照明，下到金庫最底層，四周繞行查看一圈，但見屋中盡是裝滿金銀的箱子，看來這金庫還不小。二盜各挑了一個金箱，扛著登上臺階，回到金庫頂層，卻沒辦法把金箱弄到屋頂上去。

樊噲探頭道：「屋裡找找，看可有繩索？」二盜回身尋找，果然見地上放著一圈麻繩。樊噲道：「把麻繩綁在身上，先上來一個。」月夜去底層搬來梯子，小猿將繩索綁到身上，攀著梯子向上爬，仍然搆不著屋頂。正沒法子時，樊噲伸出錫杖挑住小猿衣領，把他提出金庫；又叫尚在屋中的月夜把金箱捆好，錫杖一挑，如提桶打水，把兩隻金箱全挑上屋頂，隨後月夜也出了金庫。

三人開箱一看，金光耀目，估計約有兩千兩黃金。便又將金箱垂吊到地面，村雲在底下接應。樊噲用繩索將小猿、月夜送回地面，自己飛身一躍，安全落地。四人扛著金箱，從原路退回，再由石洞鑽出豪宅，都毫髮無損。村雲對樊噲說：「觀兄弟行事，甚是老練，真不像新手，哈哈！」樊噲不理他，開箱取出黃金，道：「那次俺落難時，你給了俺幾個飯團救命，又分俺一百兩黃金。今日連本帶利，還你千兩黃金。小猿、月夜，你們拿五百兩，俺自拿五百兩。」村雲見樊噲豪爽大方，心悅誠服。

出城已是清晨。樊噲道：「咱們一起走在路上，太惹人注意了。小猿、月夜，你們去江戶吧。村雲兄，你打算去哪兒？」村雲道：「津輕一帶尚未遊覽過，不如咱們一起去逛逛？」樊噲笑道：「俺正想去那裡呢！」

四人找了一家酒館，把酒餞行。喝到酣時，樊噲醉意漸濃，說：「常聞唐人臨別之際，都要折楊柳枝送別，今日俺也折些楊柳枝送你們。」言罷出店，走到河岸邊，「喝！」地一聲將一棵老柳樹連根拔起，瞧了瞧，搖頭說：「這柳樹也沒什麼稀罕，不知送來作甚？」於是隨手將柳樹扔在岸邊。酒館老闆見了，驚訝得合不攏嘴。

酒足飯飽後，四人互相道別，小猿、月夜踏上往江戶的路途。村雲向樊噲道：「兄弟分我黃金千兩，實在受之有愧。不如你再拿五百兩去吧。」樊噲擺手拒絕：「俺雲遊四方，帶那麼多黃金甚是累贅。日後肚子餓便去搶，沒錢花便去偷，豈不更加方便？」村雲見樊噲如此，也不再謙讓。二人各自收拾好黃金，藏進包裹裡，向津輕出發。

走了一段路，紅日西沉，已是黃昏，卻不見有地方可供投宿。舉目四望，唯有前方山丘上，建著一間破舊的小寺院，二人快步上前，敲門借宿。一個瘦弱的少年僧人開門問明來意，回道：「二位施主見諒，敝寺已留宿了一位客人，再無食物可供充飢。前方二十町遠，有個大驛站，二位可在那兒歇宿。」樊噲道：「食物無所謂，只求今晚能在寺中住宿，免得天黑迷了路。望能成全。」說著推開僧人，硬闖入寺。正好有個小廝也從寺外回來，將肩上的米袋一放，道：「米買來啦。」樊噲、村雲大喜道：「既然有米，咱們願以高價購買。」說著取出一枚金幣。僧人忙道：「不可。米是先前投宿的客人買的，出高價也不能賣；二位還是去驛站買吧。」手指著小廝道：「他就是那位客人的侍從。」樊噲與村雲不便再說話，自去房中歇息。

此時，一陣咳嗽聲從屏風後傳來。樊噲拉開屏風一看，屋後還住著一位五十多歲的武士。武士笑著說：「兩位朋友，可否賞臉過來一敘？今晚咱們好好聊聊。那僧人是我外甥，一向身體羸弱，買米煮飯等雜事都由我那侍從操辦。二位若不嫌棄，可與在下共食，就不必另行買米了。」樊噲、村雲腹中正飢，聞言大喜，一面點煙喝水，一面與武士閒聊起來。

武士上下打量樊噲、村雲，說：「這位大師身形高大、目光炯炯有神，一望可知武勇過人；而這位兄台也相貌不凡，不知做何營生，額頭上竟有兩道刀疤？看二位裝扮，不像是在外奔波的商賈，卻肯為一點米，而出一枚金幣的高價。嘿嘿，二位若非行俠仗義的豪傑，便是剪徑搶劫的盜匪。我說的對不對？」村雲哈哈大笑，道：「既已識破，不怕說與你知。我等正是強盜，昨晚幹了一票大買賣，得了不少黃金，就在這包裹裡。如今正想著如何花掉，免得帶在身上累贅。」

武士說：「方才觀你二人形貌，我便略有覺察。你們視人命如草芥，肆行殺戮、劫掠財貨，幹盡壞事。如此殘暴兇狠，若是生逢亂世，倒可趁時而起、呼嘯山林，憑藉勇力爭奪天下。」樊噲答：「我們雖然寄身草莽，卻也知道惜身保命。所謂千金易得，一命難求。閣下若有延年益壽之法，還望賜教。」武士仰天大笑，挖苦樊噲與村雲：「你們只知道自家性命重要，是否想過被你們傷害之人的性命？遭劫掠者對盜匪無不切齒痛恨，官府為了緝拿你們，更是不遺餘力。血債累累的傢伙，又怎敢奢求長壽百年？為盜者若不早日回頭，歸為良民，大多難逃罪責，壯年橫死。難道你們以為自己能逃過大限嗎？你二人雖不失為亂世英雄，但如今天下承平，法度森嚴，終有一天會將你們捕獲正法。老朽絕非妄言，勸二位放下屠刀、立地成佛吧！」

樊噲聽完武士的長篇大論，心頭怒起，不服道：「俺力大無窮，迄今未逢敵手。多少官府差役，都不是俺對手。只要力氣在，不愁逃不脫追捕。」村雲也嘲笑道：「看你活了一把年紀，就該好好地拜佛誦經，求個善終。這座廟既是你外甥主持，你也能沾些『一人得道，九族升天』的光，還是別理閒事，老老實實等著去極樂世界才好。」

武士說：「我雖然年過半百，終歸是個武士。一生竭力忠君，為主分憂。浮雲生死，長壽短命皆是天意。倒是你們為了苟延殘喘，每日東躲西藏，人生有何樂趣？」

樊噲道：「多說無益。且看你一片忠心，如何為主分憂？」迎面一拳，向武士擊去。誰知還未打到，武士身形一閃，已將樊噲掀翻在地。樊噲爬起身，道：「好傢伙。再吃俺一腳。」說著一記飛踼。孰料又被武士打橫拽住，重重一摔，摔得皮開肉綻，跌倒在地，爬不起來。

村雲大怒，揮舞錫杖照武士面門打去。武士一伸手，拿住村雲右手，冷笑道：「你額頭上的刀疤竟有兩道，可見平日學藝不精，是個專門挨打的無用之輩。你且用力，瞧瞧能否掙脫？嘿嘿，官府中像我這樣武藝高強的，所在多有。捕拿像你們這樣的盜匪，易如反掌。」說著手上加力，將村雲一把掀翻。村雲右手脫臼，劇痛難當，也無力還擊了。

樊噲躺在地上呻吟：「老傢伙，你把俺弄骨折了嗎？怎麼這麼痛啊？」他雖然怒氣衝天，卻無力再戰，只能乾吼連連。武士笑道：「晚飯已熟，請二位起身吃飯。」拉起樊噲，扶他在飯桌旁坐好。村雲嘀咕道：「我手臂脫臼，沒法子拿飯碗。」武士回身拽起他的胳膊，一拉一揉，村雲只覺猛地一痛，胳膊已被接了回去。

小廝和住持各盛一碗米飯，放到樊噲、村雲面前，譏諷道：「就當此刻是在坐牢，吃吧。」樊噲、村雲怒火難消，越想越覺得窩囊，氣鼓鼓地吃不下飯。當晚就寢，一夜無話。次日起身，武士拿來兩塊藥膏：「貼到受傷處，療效甚好。」樊噲、村雲依言貼了，道了聲謝，氣也消了。

武士吃完早飯，打算出門一趟。動身前，他對樊噲、村雲說：「你們莫欺那住持面黃肌瘦，好像有病在身似的。其實他也是武士後裔，身懷絕藝而不顯露。你們養好傷，給住持賠個不是，儘快離開這座小廟吧！」住持出屋為武士送行，道：「他二人已是籠中之鳥，折騰不起來了。貧僧雖病弱，但他二人若有風吹草動，定然叫他們再傷筋動骨一次。您就放心吧！」樊噲、村雲聽了，仔細打量住持，見他英氣迫人，舉手投足間，果然不是凡夫。

到了晌午，住持端來兩碗稀粥，二人取出一枚金幣，遞給住持，道：「權當昨晚的宿錢與飯錢。」住持搖頭道：「不義之財，貧僧絕不收納。」說完看也不看金幣一眼，自去灶上加柴燒水。樊噲、村雲瞧著他不屑一顧的神情，心中慚愧，草草收拾了一下，不辭而別。

路途中，村雲道：「自離船登岸迄今，我一直心神不寧，打算回家鄉信濃調養調養。往年我曾在江戶做過相撲手，恐怕被人認出，風險不小。咱們就在這兒分手吧！」樊噲與他相處日久，頗有幾分不捨，心中悵然若失：「俺孤身去奧羽，也沒什麼意思，乾脆去江戶遊玩吧。反正小猿、月夜已先去那兒了。」兩人約好再聚的日子，各奔前程。

樊噲到達江戶，並不去熙熙攘攘的繁華處遊逛，專挑清幽僻靜處賞玩。一日小雨淅瀝，樊噲興之所至，到淺草寺遊覽。孰料雖是風雨天，寺內還是香客眾多，比肩繼踵。樊噲戴著斗笠，遮住面孔，在一家小酒館裡喝了幾杯，進了神鳴門[110]。神鳴門裡鬧哄哄的，一群人圍攏著喊：「抓賊啊！」樊噲暗叫不妙，心道難不成是小猿、月夜被圍困在此？擠入人叢一看，果然是他們。只見二人滿手是血，各持大刀，相互鬥毆；五六名武士圍在旁邊，身上都受了傷。還有一大幫城中的商賈民眾，舞棍揮棒，前來協助。

樊噲心下大奇，心想他倆怎麼自相殘殺？決定先替他們解圍再說。推開眾人，佯裝不認識二人，高聲問道：「發生什麼事？」有人回答：「那兩人是盜賊，喝得醉醺醺地，竟膽大包天，去偷武士們的荷包，結果被發現了，大家要捉他二人去官府問罪。押解到半路，兩人打算逃跑，結果沒跑成，不知為什麼又拿刀互相廝殺起來。」

樊噲聽完，踏前一步，道：「爭來吵去，何時了結？讓俺來調解吧！」小猿、月夜見大哥到了，心中有底，罷手停鬥，站到樹下看樊噲如何解圍。那幾個武士卻不肯聽樊噲的，齊聲大嚷：「這兩個賊人砍傷我們，豈能就此饒過？一定要斬下他們的頭顱，提去見主人，才能罷休。你這禿驢嫌命長嗎？敢來多管閒事！」樊噲道：「他們的腦袋原本不關俺事，但他們欠了俺錢的沒還，若沒了腦袋，俺找誰討？各位被盜賊砍傷，已是不幸。若再不聽俺勸，恐怕更要……」那些武士生氣地說：「更要怎樣？」樊噲答：「更要倒大楣！」話聲剛落，立刻揮起錫杖，頃刻間打翻了兩三個武士。

圍觀人群「哄！」地炸開了窩，有人喊道：「不得了，強盜頭子來啦。」又有人喊道：「大夥兒一起上，打死他！」眾人揮舞棍棒，便要一擁而上。樊噲大聲道：「諸位請看清楚，俺不是什麼強盜頭子，是個修行的出家人。出家人慈悲為懷，絕不胡亂殺生。只不過對那些亂嚼舌根的人，就不客氣了。」說著掄起錫杖東挑西打，將喊得最厲害的七八個人打得哭爹喊娘。武士們見不是對手，紛紛逃去。樊噲也不追趕，將小猿、月夜分別夾在兩邊脅下，如箭般急急逃離。圍觀眾人在三人身後虛張聲勢，卻沒一個敢真的追上去。

樊噲夾著二人，奔到一處空曠所在，放下他們，讓他們把身上收拾乾淨，洗掉血漬，又拽著他們繼續狂奔，直到逃出江戶城才停下來。樊噲突然一拍腦袋，道：「壞了，俺把裝黃金的包裹忘在城裡。如今風聲緊，看來不能指望取回包裹了。都是你們這兩個傢伙害的。說，為什麼自相殘殺？」小猿、月夜說：「我們那是假打，為了拖延時間，想辦法不被那些武士捉去。」樊噲道：「前些日子分給你們的黃金，還有剩下嗎？」二人答：「我們在酒館、妓院裡吃喝嫖賭，早把那些金子花個精光。不過手上還有剛才偷來的那些武士的荷包，估計著夠付酒錢。」打開荷包一看，那些武士甚是寒磣，僅有區區金一分而已。三人相視而笑，買來酒飯河鮮，吃了個飽。然後琢磨著肯定是無法回江戶了，索性一路向東而去。

黃昏時，來到那須野，小猿、月夜道：「此地道路分岔，夜間行走很容易迷失方向。大哥且在此稍作休息，待我等去探探路。」樊噲應了，見前方用來阻擋殺生石[111]毒液的石垣已然傾頹，便挑了一塊大石頭坐下，生起篝火等待二人歸來。

過了片刻，一個僧人大步走來，經過樊噲面前，也不正眼瞧他，徑直行過。樊噲大怒，喝道：「慢著！身上可有金銀、乾糧？統統留下，否則不准你過。」僧人停步說：「貧僧僅有金一分，乾糧半點也無。」說著便摸出金一分，遞給樊噲。樊噲道：「你倒挺識相。前面還有兩個年輕的強盜，你跟他們說，已把金子給了樊噲，他們自然放你通行。」僧人點點頭，步履輕快，繼續前行。誰知半個時辰後，那僧人又掉頭折返，對樊噲說：「出家人不打誑語。貧僧自皈依我佛以來，從未說過假話。適才一念之差，撒了個謊，私藏了金一分。思來想去，心下難安；所以折返，將這金一分交給你。」說完又從懷中掏出金一分，放到樊噲手上。

樊噲拿著金子，內心大受震撼，心想這才是真出家、真拜佛；自己不過是假披著僧袍，自欺欺人罷了。又回想前塵往事：濫賭欠債、弒父殺兄、攔路剪徑、盜竊分金，件件都是敗德害理的惡行，竟還有臉苟活於世，真是恬不知恥。一念及此，樊噲羞愧萬分，恭恭敬敬地向僧人施了一禮，道：「高僧大德，令俺無地自容。從今往後，俺願改邪歸正，跟隨大師虔心禮佛，化解罪孽。」僧人體會到樊噲的赤忱之心，雙掌合十：「既受感化，即是有緣，你隨我來吧！」帶著樊噲一道上路。

半途遇到小猿、月夜，樊噲說：「你二人想去何方，只管自去。俺今後跟隨大師，長伴青燈古佛，再不理紅塵俗事。你們別再像衣服上的蝨子那樣纏著我不放了，咱們緣盡於此！」小猿、月夜見樊噲心意已決，便不再多言，作別而去。樊噲目送二人的身影遠去，僧人道：「凡塵緣已盡，何須多流連；此身向佛祖，懺罪苦修行。走吧！」

這個關於樊噲的故事，是陸奧古寺一位老法師在八十高齡時講述的。那一日，老法師知道自己大限將至，對小沙彌說：「老衲今天就要遠行了。」說完沐浴更衣，閉目靜坐，口中也不再稱誦佛號。小沙彌與客僧跪拜求道：「希望聖僧留下偈語，來開示我們。」老法師說：「所謂遺偈，不過是自欺欺人。現在把俺一生的故事，都說給你們知曉，便了無遺憾了。俺本是伯耆國惡徒，壞事做盡，後來受恩師感化，參佛修行，至今不輟。俺已經領悟釋迦、達摩的大道，紅塵孽欲之心不生！阿彌陀佛！」說著便娓娓道來，講完以後，就此圓寂了。

收斂貪慾，則證悟佛果；心思放縱，則墮落成魔。樊噲的故事，完全印證了這個至理。

110 神鳴門，又稱雷門，正式名稱為「風雷神門」，是東京淺草觀音寺的入口之門。

111 殺生石：相傳鳥羽天皇時，九尾妖狐幻化為絕色美女玉藻前，魅惑天皇，使天皇染上怪病，臥床不起。陰陽師安倍晴明施法，將玉藻前的妖狐真面目曝光。康復的天皇發出追殺令，最後九尾妖狐被晴明擒殺，但其野心和執念仍以「殺生石」（會噴出毒液攻擊鳥類及昆蟲，令動物無法近身的石頭）的形態保留在那須野，等待時機報復。

直心是道場——讀〈舍石丸〉〈樊噲〉和〈再世之緣〉

胡川安

〈舍石丸〉〈樊噲〉和〈再世之緣〉三篇展現上田秋成對於佛教的看法，也可以說是秋成透過小說人物與宗教的對話。秋成的一生並不順遂，幼年被人收養，後來身體有殘缺。人生剛有起色的時候，卻又遭逢火災，晚年喪妻，眼睛又接近失明。秋成除了熟稔中國的典籍，對於佛學也有研究，所以從這三篇中可以看到秋成對於佛學的理解層次，我們先來看看《春雨物語》這三篇的故事梗概。

〈樊噲〉講的是伯耆國的一位壯漢。本

來樊噲是漢代開國皇帝劉邦的臣子，出身貧賤、大膽且勇猛，《春雨物語》中的大藏也是個膽大的人，而且力大無窮、好賭、個性直爽。大藏本來只是伯耆國當地的莽漢，但陰錯陽差犯下了殺人罪，落草為寇，在日本各地流亡，打家劫舍，後來有緣遇到一位僧人而徹悟，隨著高僧修行。小說的末尾警世之語：「欲念收斂，則証悟佛果；心思放縱，則墮落成魔。」〈舍石丸〉這篇小說的主角舍石丸平日為人正直，也有點豪氣，但卻因為一連串的誤會而逃亡，與〈樊噲〉的主角五藏的遭遇有點類似。

〈再世之緣〉的故事是在一個古曾部的村子裡發生，喜歡夜讀的主人有天晚上在庭院中聽到奇怪的聲響，隔天將庭院中的土掘開，發現一位已經圓寂的僧侶，他和母親細心照料已經去世的僧侶，沒想到真的起死回生，但僧侶完全忘記前世之事。回到塵世的僧侶像俗世中的人一般，吃肉、種田，還入贅到寡婦的家裡，日出而作、日落而息。〈再世之緣〉的故事主旨是死而復生的宗教啟示，活過來的人的日常生活會怎麼過？小說中的主人人翁定助沒有一般復生後的僧人可以顯靈的神通，只是一介俗人，而且還遭人鄙視，如果信佛復生也只是一般人，那還要不要信佛呢？

我們可以思考一下上田秋成的時代，是江戶時代，從一六〇二年到一八六七年，文學的發展上有個很重要的特色，就是以往的文學主要是以貴族生活為中心，但到了江戶時代，最有活力的文學形式就是所謂的「町人文學」。甚麼是町人？江戶時代的日本仍然維持階級社會，按照貴族、武士、百姓、町人和賤民劃分社會的等級，町人主要是都市的平民，有些從商，有些從事各式各樣的工藝。江戶時代的町人雖然階級不高，但當時的經濟發達，所以很多町人因為經商而致富，甚至比很多武士和貴族來的富裕。

町人富裕了之後，也開始書寫，町人文學的代表作家就是井原西鶴，其所撰寫的《好色一代男》透過小說的形式，描繪遊里花街的生活，展現出當時社會生活的開放與享樂程度。井原西鶴出道的時間比起上田秋成來得早，而且井原西鶴出身富裕，享樂人生，與上田秋成的人生形成一個明顯的對照。

從〈樊噲〉和〈再世之緣〉明顯可以看到秋成描寫人物的重點與井原西鶴的不同，井原西鶴描寫浮世的生活，對於人物內心的掙扎描繪不多，但秋成所關注的則是人物自身與世界的對話，更加重視心靈，而對外在世界的規則無所顧忌。因為內心過不去，所以衝撞世界的規範，但直到遇見可以讓他們內心慰藉且平服的人物和事情時，才會當下頓悟，反省自身與世界的關係。

故事中的角色對佛學的態度與看法，是閱讀這三篇小說時的重要關鍵，〈再世之緣〉中修行的定助，想要透過修行成佛，但卻又回到了塵世，而且還遭人譏笑。秋成對於佛教的想法抱持著懷疑的態度，希望積極地面對現世。然而，〈樊噲〉中的大藏犯下了一系列的罪行，最後卻頓悟，想要透過修行到達淨土；〈舍石丸〉則是犯下了錯誤之後，開始服務鄉里，鑿岩造路，最後被奉祀為「舍石明神」，香火不絕。

想要完全絕塵棄世的人卻回到人間，在人間作惡多端的人則放下屠刀，開始修行，上田秋成對於佛教的觀念並不相當開放，也不堅持單一的宗派，而是強調自己的心，在〈天津處女〉一篇中也可以看到他的想法：「佛教，實在是令人不可思議，那些身披唐錦袈裟，架輦車入宮參謁天皇的僧人，完全違背了當初棄俗入佛之志。」出世的僧人卻又積極地與皇親國戚見面，攀權附勢，忘卻本心。

從《雨夜物語》到《春雨物語》，前者於一七六八年開始創作，後者則是一八〇二年；秋成的寫作也隨時間而有不同的體會。《雨夜物語》大量採用中國的典故，並且描寫鬼怪和亡靈，是玩物和娛樂之作；但等到《春雨物語》時，秋成則是利用日本歷史上的人物和典故，希望讀者能將之以信史去讀，藉史發揮。史家的角色不只在於考察史實，還在於評論，以古鑑今，讓歷史有現實的意義，秋成透過〈舍石丸〉〈樊噲〉和〈再世之緣〉三篇，在不同的人物的描寫中穿插自己對於佛教或是社會規範的批判。

9

10

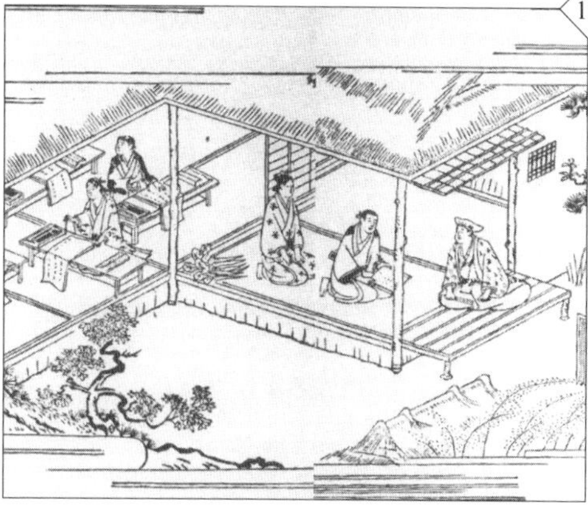

9 井原西鶴肖像。來源：博文館，《西鶴全集》，一八九四年。

10 町人的生活，選取自西鶴的作品《織留新註》插圖，大倉廣文堂於昭和九年出版的版本。

上田秋成年表

一七三四年
七月二十五日出生於大阪，父不詳。

一七三七年
成為堂島永來町（今大阪市北區堂島）的紙油商「嶋屋」上田茂助之養子，名為仙次郎。

一七三八年
罹患天花，養父前往加島村（今大阪市淀川區加島）的加島稻荷神社（今香具波志神社）祈福，獲「此子可活至六十八歲」之預言。即使留下手指殘疾的後遺症，至少保住了性命。此後，父子參拜不懈。

一七五一年
遊手好閒但漁獵俳諧、戲作、和漢經典等，與高井几圭、小島重家、富士谷成章、勝部青魚等人素有往來。

一七六〇年
與京都出生的植山たま（阿玉）結婚，兩人膝下無後。

一七六一年
養父過世，繼承「嶋屋」。

一七六四年　於大阪参加與朝鮮通信使一行之筆談會。

一七六六年　首作浮世草子《諸道聽耳世間猿》付梓。師從賀茂真淵一門之國學者——加藤宇萬伎。

一七六七年　《世間妾形氣》付梓。

一七六八年　完成《雨月物語》初稿。

一七七一年　「嶋屋」付之一炬後破產，借住加島稻荷神社神職人員家中，在木村蒹葭堂等友人幫助下，向天滿儒醫都賀庭鐘學習醫術與白話小說。

一七七三年　開始以「秋成」之名於加島村行醫。

一七七六年　搬至尼崎（今大阪市中央區高麗橋）行醫。《雨月物語》付梓。

一七七九年　完成《源氏物語》注釋《夜干玉之庵》。

一七八一年　搬至切丁（今大阪市中央區淡路町）。

一七八四年　完成《漢委奴國王金印考》。

一七八五年　完成《萬葉集》研究《歌聖傳》。

一七八六年　針對思想、古代音韻、假名使用等，與本居宣長展開辨論。

一七八七年　隱居於淡路庄村（今阪急電鐵淡路站一帶）。戲作《書初機嫌海》、俳文法書《也哉鈔》付梓。

一七九〇年　失去左眼的視力。妻子削髮為尼。

一七九一年　完成隨筆集《癇癖談》。

一七九二年　完成評論集《安安言》。

一七九三年　搬至京都，四處遷居。

一七九四年　喜愛煎茶，曾製作茶器。茶書《清風瑣言》付梓。

一七九五年　假名使用研究《靈語通》付梓。妻子過世後，以校訂維生。

一七九八年　右眼亦失明，但在大阪名醫谷川良順治療下逐漸恢復。返回京都後，借住門人羽倉信美家中。

一七九九年　《落久保物語》付梓。

一八〇一年　此年滿加島稲荷神社預言之六十八歲，而編六十八首《獻神和歌帖》獻神。萬葉集研究《冠辭續貂》付梓。

一八〇二年　於西福寺建造自己的墳墓。

一八〇三年　校訂《大和物語》。完成古代史研究《遠駝延五登》。

一八〇四年　完成萬葉集注釋《金砂》《金砂剩言》。

一八〇五年　完成《七十二候》。歌文集《藤簍冊子》付梓。

一八〇八年

完成《春雨物語》、隨筆集《膽大小心錄》、自傳《自像筥記》。書簡文集《文反古》付梓。

一八〇九年

八月八日過世，葬於西福寺。法名為「三餘無腸居士」。

國家圖書館出版品預行編目資料

春雨物語 / 上田秋成作 . 初版 .
新北市 : 光現 , 2020.7 冊 ; 公分

ISBN 978-986-96974-3-9(精裝)

861.57

107015828

Speculari 45

春雨物語

『春雨物語』・はるさめものがたり

作者　上田秋成
譯者　王新禧
企畫選書　張維君
責任編輯　梁育慈
特約編輯　黃筑慈、梁家禎、賴庭筠
裝幀設計　製形所
內頁排版　製形所
地圖繪製　美果設計　林采瑤

總編輯　張維君
行銷主任　康耿銘

社長　郭重興
發行人暨出版總監　曾大福
出版　光現出版
部落格　http://bookrep.com.tw
信箱　service@bookrep.com.tw

發行　遠足文化事業股份有限公司
地址　231 新北市新店區民權路 108-2 號 9 樓
電話　(02) 2218-1417
傳真　(02) 2218-8057
客服專線　0800-221-029
法律顧問　華洋國際專利商標事務所／蘇文生律師
印刷　成陽印刷股份有限公司

初版　2020 年 7 月 6 日
定價　380 元
ISBN　9789869697439

本書古籍圖片資料引用自「国立国会図書館デジタルコレクション」